COLLECTION FOLIO

Patrick Modiano

Une jeunesse

Gallimard

© *Éditions Gallimard, 1981.*

Patrick Modiano est né en 1945 à Boulogne-Billancourt. Il a fait ses études à Annecy et à Paris. Il a publié son premier roman, *La Place de l'Étoile*, en 1968, puis *La Ronde de nuit* en 1969, *Les Boulevards de ceinture*, en 1972, *Villa Triste* en 1975, *Livret de famille* en 1977. Il reçoit le Prix Goncourt en 1978 pour *Rue des Boutiques Obscures*. Il publie en 1981 *Une jeunesse*, en 1982, *De si braves garçons* et, en 1985, *Quartier perdu*. En 1996, Patrick Modiano a reçu le Grand Prix National des Lettres pour l'ensemble de son œuvre.

Il est aussi l'auteur d'entretien avec Emmanuel Berl et, en collaboration avec Louis Malle, du scénario de *Lacombe Lucien*.

POUR RUDY
POUR ZINA
POUR MARIE

Les enfants jouent dans le jardin et ce sera bientôt l'heure de la partie d'échecs quotidienne.

— On lui retire son plâtre demain matin, dit Odile.

Elle et Louis sont assis sur la terrasse du chalet et observent de loin leur fille et leur fils qui courent à travers la pelouse avec les trois enfants de Viterdo. Leur fils, âgé de cinq ans, porte un plâtre au bras gauche, mais cela ne semble pas le gêner.

— Depuis combien de temps porte-t-il ce plâtre? demande Louis.

— Presque un mois.

Il avait glissé d'une balançoire et l'on s'était aperçu au bout d'une semaine qu'il souffrait d'une fracture.

— Je vais prendre un bain, dit Odile.

Elle monte au premier étage. A son retour, ils commenceront la partie d'échecs. Il entend couler l'eau du bain.

De l'autre côté de la route, derrière la rangée de sapins, le bâtiment du téléphérique ressemble à la petite gare d'une station thermale. L'un des premiers téléphériques que l'on ait construits en France, paraît-il. Louis le suit des yeux, qui gravit lentement la pente du Foraz et le rouge vif de sa cabine tranche sur le vert de la montagne en été. Les enfants se sont faufilés entre les sapins et vont à bicyclette sur le rond-point ombragé, près du bâtiment du téléphérique.

Hier, Louis a décloué de la façade du chalet la plaque de bois où il était écrit en caractères blancs : SUNNY HOME. Elle traîne par terre, devant la porte-fenêtre. Il y a douze ans, quand ils achetèrent le chalet et le transformèrent en home d'enfants, ils ne savaient pas très bien comment l'appeler. Odile préférait un nom français : *Les Lutins* ou *Les Diablerets,* mais Louis pensait qu'un nom anglais était plus élégant et attirerait la clientèle. Ils avaient fini par choisir *Sunny Home.*

Il ramasse la plaque de bois. *Sunny Home.* Il la rangera dans un tiroir, tout à l'heure. Il se sent soulagé. Le home d'enfants, c'est fini. A partir d'aujourd'hui, ils auront le chalet pour eux tout seuls. Il transformera la baraque au fond du jardin en restaurant-salon de thé et les gens y viendront, l'hiver, avant de prendre le téléphérique.

La nuit monte peu à peu du fond de la vallée et du jardin, avec les cris et les rires des enfants qui jouent maintenant à cache-cache. Demain, 23 juin, c'est le trente-cinquième anniversaire d'Odile. Et le mois prochain, lui aussi, à son tour, aura trente-cinq ans. Pour l'anniversaire d'Odile, il a invité les Viterdo et leurs enfants, et Allard, l'ancien skieur qui dirige un petit magasin de sports.

Le téléphérique rouge a commencé de descendre et se perd sous une masse de sapins, puis réapparaît et poursuit son chemin, à la même allure tranquille. On le verra remonter et redescendre jusqu'à neuf heures du soir et la dernière fois il ne sera plus qu'une grosse luciole glissant sur la pente du Foraz.

*

— Courageux, ce petit...

Le docteur tapota la joue de l'enfant. C'était Odile la plus émue. Le docteur, à l'aide d'un appareil dont la rapidité évoquait celle d'une scie électrique qui découpe des rondins, venait de fendre le plâtre où Odile avait dessiné des fleurs. Et le bras avait jailli, intact. La peau n'était pas desséchée, ni blafarde comme le craignait Odile. L'enfant bougeait son bras, le pliait lentement, sans trop y croire, un sourire attentif aux lèvres.

— Maintenant, tu peux le recasser, avait dit le docteur.

Elle lui avait promis d'aller manger une glace avant de remonter au chalet et ils étaient assis l'un en face de l'autre à la terrasse d'un café, près du lac. L'enfant avait choisi une glace pistache-fraise.

— Tu es content de ne plus avoir ton plâtre ?

Il ne lui répondait pas. Il mangeait sa glace, le visage grave et appliqué.

Elle le regarde et se demande si plus tard il se souviendra de ce plâtre constellé de fleurs. Son premier souvenir d'enfance ? Il plisse les yeux, à cause du soleil. La brume se dissipe sur le lac et c'est son trente-cinquième anniversaire à elle. Et bientôt Louis aussi aura trente-cinq ans. Est-ce qu'il peut vous arriver quelque chose de neuf à trente-cinq ans ? Elle se le demande en pensant à la peau intacte, au bras qui jaillissait tout à l'heure du plâtre, et on aurait dit que c'était lui qui brisait cette gangue où on l'avait enfermé. Est-ce que parfois la vie recommence à zéro à trente-cinq ans ? Grave question qui la fait sourire. Il faudra la poser à Louis. Elle a l'impression que non. On arrive dans une zone étale et le pédalo glisse tout seul sur un lac semblable à celui qui s'étend devant elle. Et les enfants grandissent. Ils vous quitteront.

Un cil la gêne au coin de la paupière et elle sort de son sac un poudrier vide dont elle se sert uniquement à cause du petit miroir circulaire. Elle ne parvient pas à ôter le cil et scrute son visage. Il n'a pas changé. Elle avait le même visage à vingt ans. Les minuscules rides à la commissure des lèvres n'existaient pas, mais le reste n'a pas changé, non... Et Louis non plus n'a pas changé. Il était un peu plus maigre, voilà tout...

— Bon anniversaire, maman.

Il l'a dit en trébuchant sur les mots, et avec une certaine fierté. Elle l'embrasse. Comme ce serait étrange si les enfants connaissaient leurs parents tels qu'ils étaient avant leur naissance, quand ils n'étaient pas encore des parents mais tout simplement eux-mêmes... Son enfance à elle, chez sa grand-mère à Paris, rue Charles-Cros, là d'où partent les lignes d'autobus... Un peu plus loin, le bâtiment gris de la piscine des Tourelles, le cinéma et la pente du boulevard Sérurier. Si l'on avait un peu d'imagination, les matins de brume et de soleil, cette pente était une route en corniche qui descendait vers la mer.

— Il faut rentrer, maintenant...

En conduisant la voiture sur la route qui monte au chalet, son fils assis à côté d'elle, Odile chantonnait quelque chose, sans y réfléchir. Elle s'aperçut bientôt que c'étaient les premières mesures d'une opérette dont elle avait, à sa grande surprise, trouvé le disque à Genève chez un antiquaire, une opérette qui s'appelait *Roses d'Hawaii...*

*

Ils sont assis sur le banc vert, devant le bâtiment du téléphérique, et leur fils roule à bicyclette à travers le rond-point. Une bicyclette avec stabilisateur. Odile s'est allongée et, la tête contre le genou de Louis, elle lit une revue de cinéma.

L'enfant traverse les taches de soleil une par une, puis il commence ce qu'il appelle le « grand tour ». Il s'arrête de temps en temps et ramasse une pomme de pin. L'employé du téléphérique fume une cigarette sur le seuil du bâtiment, l'air d'un chef de gare avec sa casquette et sa veste bleues.

— Alors, ça marche ? demande Louis.
— Non. Pas beaucoup de clients, aujourd'hui...
Peu importe. Même vide, le téléphérique rouge partira à l'heure prévue. C'est le règlement.
— Pourtant il y a du soleil, dit l'employé.
— Ce n'est pas encore tout à fait les vacances, dit Louis. Vous verrez, dans quinze jours...

L'enfant tourne autour du rond-point et pédale de plus en plus fort. Odile a mis ses lunettes de soleil et feuillette le magazine, en serrant les pages, à cause du vent.

*

Dans son sommeil, il entend les cris des enfants, qui s'approchent et s'éloignent et se rapprochent de nouveau et pour lui cela correspond à des intensités de lumières différentes, comme des jeux d'ombres et de soleil. Mais il fait toujours le même rêve. Il est assis tout en haut d'un vélodrome désert et il regarde son père, agrippé au guidon, qui tourne lentement sur la piste.

Quelqu'un l'appelle et il ouvre les yeux. Devant lui sa fille se tient debout et lui sourit. Elle est presque aussi grande qu'Odile.

— Papa... Les invités vont venir...

Elle porte une robe rouge et cela surprend Louis. Elle a treize ans. Il vient de sortir de son rêve, et, encore engourdi, il s'étonne que sa fille soit aussi grande.

— Papa...

Elle lui adresse un sourire de reproche, lui prend la main et essaie de le tirer hors du canapé. Louis résiste. Au bout d'un instant, il se laisse entraîner, se lève, et l'embrasse sur le front. Il sort sur la terrasse. La nuit n'est pas encore tombée et il aperçoit, à travers la rangée de sapins, un groupe qui monte vers le chalet. Il reconnaît la voix grave d'Allard et le rire de Martine Viterdo. Là-bas, le téléphérique rouge glisse lentement le long de la pente du Foraz, coccinelle dans l'herbe.

*

On a éteint toutes les lampes du salon. Louis, Odile, Viterdo, sa femme, Allard et les enfants attendent autour de la table. La fille de Louis sort de la cuisine en portant le gâteau sur lequel brillent huit bougies : trois pour les décennies, cinq pour les années. Elle marche vers eux et l'on chante :

— *Happy Birthday to you...*

Elle pose le plateau au milieu de la table. Tous, les uns après les autres, embrassent Odile.

— Alors, demande Viterdo, ça vous fait quel effet d'avoir trente-cinq ans?

— C'est bientôt l'âge d'être grand-mère, répond Odile.

— Ne dites pas de bêtises, Odile.

— Il faut souffler les bougies, maman...

Odile se penche vers le gâteau et souffle.

— Du premier coup!

Ils applaudissent et l'on rallume les lumières.

— Une chanson! Une chanson!

— Odile va vous chanter *La Chanson des rues,* dit Louis.

— Non, non... Certainement pas...

Elle découpe le gâteau. Les enfants ont quitté la table et se sont groupés tous les cinq au bord de la terrasse. Odile et Louis apportent à chacun d'eux une part de gâteau sur une petite assiette.

— Ils ne vont pas vouloir se coucher, dit Martine, la femme de Viterdo.

— Tant pis. C'est un jour pas comme les autres, dit Allard de sa voix grave. On n'a pas tous les jours trente-cinq ans.

Viterdo consulte sa montre.

— Je crois qu'il faut y aller, Louis. Je suis vraiment désolé de vous déranger.

Il doit prendre le train de nuit pour Paris, celui de vingt-trois heures trois, et Louis a proposé de le conduire en voiture à la gare.

— Allons-y! dit Louis.

La femme de Viterdo, Allard et Odile se sont assis

sur la terrasse. Ils bavardent. La voix d'Allard domine les autres. La nuit est chaude et l'on entend gronder un orage lointain.

Viterdo, au milieu de la salle de séjour, ouvre sa serviette noire. Il semble vérifier à la hâte s'il n'a rien oublié. Les enfants se bousculent dans l'escalier et le bruit de leurs pas précipités décroît à travers les grandes pièces du premier étage. Odile a quitté la terrasse et elle a rejoint Louis, au moment où celui-ci allait sortir du chalet derrière Viterdo.

— Bon anniversaire, dit Louis.
— Oh, ça suffit..., dit Odile.
— Et ça vous fait quel effet d'avoir trente-cinq ans ? Elle le secoue par l'épaule.
— Ça suffit... Toi aussi, ce sera bientôt ton tour...

Il la serre contre lui et ils éclatent de rire. Ils fêtent un de leurs anniversaires pour la première fois de leur vie. Drôle d'idée... Mais puisque cela amuse les enfants...

*

Viterdo a posé sa valise et sa serviette noire sur la banquette arrière de la voiture, puis il s'est assis à côté de Louis.

— Je suis vraiment désolé, Louis...
— Mais non, mais non... On est à la gare en cinq minutes...

Louis démarre lentement. Au bout d'un instant, il coupe le moteur. La voiture descend la petite route droite en silence.

— Vous revenez quand ? demande Louis.
— Le prochain week-end. J'espère passer le mois

d'août ici avec Martine et les enfants. Vous avez de la chance, vous, de rester toute l'année à la montagne...

— Je crois que je n'aurais pas pu vivre à Paris, dit Louis.

Il tourne le bouton de la radio comme il en a l'habitude chaque fois qu'il conduit.

— Depuis combien de temps êtes-vous installés ici ? demande Viterdo.

— Treize ans.

— Nous, ça fait à peine six ans que nous avons acheté notre chalet...

— J'avais l'impression que vous étiez là depuis plus longtemps.

Viterdo a le même âge que Louis. Il travaille à Paris dans une société d'import-export. Martine et lui viennent chaque année skier à Noël et à Pâques avec leurs trois enfants, qu'ils confiaient souvent à Odile et à Louis pour qu'ils jouent avec les autres enfants du *Sunny Home*...

— Alors, c'est fini, le home ?

— C'est fini, dit Louis en souriant. Nous avons le chalet pour nous tout seuls... Les enfants vont pouvoir faire du patin à roulettes dans les chambres...

— Et vous, qu'est-ce que vous allez faire maintenant ?

— Peut-être monter un restaurant-salon de thé avec Allard pour les gens du téléphérique.

— Au fond, vous avez raison, dit Viterdo... Moi aussi, j'aimerais bien laisser tout tomber pour vivre ici...

Le premier tournant de la route. À gauche, le mur d'enceinte de l'hôtel Royal. Louis remet en marche le moteur.

— Les enfants sont certainement plus heureux ici qu'à Paris, dit-il. Moi, je voudrais que mon fils soit moniteur de ski...

— Vraiment ? Et votre fille ?

— Avec les filles, on ne sait jamais...

Il a baissé la vitre. On dirait que l'orage se rapproche.

— Vous avez déjà habité Paris ? demande Viterdo.

— Oui. Il y a très longtemps.

Il arrête la voiture devant la gare, ouvre la portière et prend les bagages de Viterdo.

— Je vous en prie, Louis...

Ils traversent la petite salle déserte, éclairée aux néons. Viterdo glisse son billet dans l'appareil de compostage.

— De plus en plus compliqués, ces appareils, dit Louis. Heureusement que je ne voyage plus...

Le train est déjà en gare.

— Au revoir, Louis.. À vendredi...

Louis l'accompagne sur le quai et l'aide à monter la valise et la serviette noire dans son compartiment de wagon-lit. Viterdo, souriant, ouvre la vitre et se penche.

— À vendredi... Je vous confie Martine et les enfants. Soyez sévère...

— Très sévère... Comme d'habitude...

En traversant de nouveau le hall de la gare, Louis a remarqué un appareil distributeur de confiseries, près des guichets fermés. Il introduit deux pièces dans la fente. Quelque chose tombe, enveloppé d'un papier rouge et doré, l'un de ces chocolats qu'on appelle rochers. Tiens, cela existe encore... Odile en achetait souvent dans la boulangerie de la rue Caulaincourt. Ce sera son cadeau d'anniversaire.

De l'autre côté de la place, derrière les vitres du café, plusieurs silhouettes sont figées face à l'écran de télévision. La voix d'une chanteuse lui parvient. La voix seulement, un peu rauque, sans qu'il comprenne les paroles. Un vent tiède s'est levé. Sur le chemin du retour, les premières gouttes de pluie...

*

Il pleuvait des jours entiers à Saint-Lô, cet automne d'il y a quinze ans, et cela faisait de grandes flaques dans la cour de la caserne. Il avait marché au milieu de l'une d'elles par mégarde et un bracelet glacé lui avait enserré les chevilles.

Sa valise de fer-blanc à la main, il salua le planton. Quand il arriva au coin de la rue, il ne put s'empêcher de se retourner sur ce bâtiment brunâtre qui ne jouerait plus aucun rôle dans sa vie.

Son costume civil — une flanelle grise — lui coupait les aisselles et le serrait aux cuisses. Il aurait besoin d'un manteau pour l'hiver et surtout de chaussures. Oui, de chaussures avec de grosses semelles de crêpe.

Brossier lui avait fixé rendez-vous au *Café du Balcon*, vers sept heures. Il pensa soudain qu'il le connaissait depuis deux mois et que Brossier lui avait menti en lui disant qu'il n'était que de passage à Saint-Lô. Pourquoi avait-il prolongé son séjour ici, lui que ses « affaires » auraient dû rappeler à Paris ?

Il avait rencontré Brossier, pour la première fois, au *Café du Balcon* justement, alors qu'il attendait minuit pour rentrer à la caserne. Cet après-midi-là, il s'était promené le long des remparts, puis il avait suivi la route nationale jusqu'aux haras et s'était égaré vers la droite dans une zone de baraquements. De retour en ville, il s'était assis à une table du *Café du Balcon*, et la glace, près du bar, lui renvoyait son image en uniforme, les cheveux courts et les bras croisés. Brossier, qui lisait un journal à une table voisine, avait posé les yeux sur lui.

— Encore griveton pour longtemps?

Il employait des mots d'argot que Louis ne comprenait pas toujours.

— Quel âge avez-vous?

— J'aurai vingt ans en juillet prochain.

Ils étaient les seuls clients du café et Brossier lui déclara, en haussant les épaules, qu'à cette heure-là, il n'y avait plus personne dans les rues de Saint-Lô.

— Si encore on peut parler de rues...

Il avait éclaté d'un rire aigre.

— Ça ne doit pas être drôle, de se retrouver griveton ici? Non?

L'âge de Brossier? Quarante ans, à peine. Lorsqu'il souriait, il paraissait plus jeune. Un blond aux yeux très clairs, au teint rouge, et ce teint, comme l'empâtement de son visage, il le devait sans doute à son faible pour les bières belges.

Il habitait Paris, lui expliqua-t-il, mais passait quelques jours dans sa famille à Saint-Lô, où son frère aîné possédait une étude de notaire. Depuis plus de dix ans, il n'était pas revenu ici et les gens l'avaient oublié. D'ailleurs, il profitait de ces moments de vacances pour régler des affaires. Oui, un type de Cherbourg voulait lui vendre tout un lot de matériel américain: vieilles jeeps, vieux camions de l'armée. Lui, Brossier, travaillait « dans les autos ». Il s'occupait même d'un garage à Paris.

Cette nuit-là, il avait raccompagné Louis jusqu'à la caserne. Il portait un imperméable et un vieux chapeau tyrolien, piqué d'une plume d'un jaune roussi. Et tandis qu'ils descendaient la rue bordée de maisons neuves, toutes du même béton grisâtre, Brossier lui confia comme un secret qu'il ne reconnaissait plus la ville de son enfance. On avait construit une autre ville après les bombardements de la dernière guerre, et Saint-Lô n'était plus Saint-Lô

*

Au *Café du Balcon,* la fumée et le brouhaha des conversations l'étourdirent. L'heure des apéritifs. Il repéra vite Brossier, à cause de son chapeau tyrolien. D'une démarche un peu gênée, il se dirigea vers lui, posa sa valise et s'assit.

— Alors ? C'est la quille ? lui demanda Brossier, hilare.

— Oui, c'est la quille, dit-il à mi-voix, car il avait toujours éprouvé de la peine à employer l'argot militaire.

— Ça se fête, une quille, mon vieux, dit Brossier. Vous voyez, moi j'ai commencé...

Il lui désignait son verre à moitié plein d'une liqueur rouge.

— Qu'est-ce que vous buvez ?

Le bagou de cet homme était celui d'un commis voyageur, mais soudain sa voix grasse devenait précieuse. Alors il parlait meubles et livres. Il lui expliquait que, jadis, il avait travaillé pour plusieurs antiquaires à Paris. Un soir, même, il lui avait énuméré sentencieusement les détails grâce auxquels on distingue un fauteuil Régence d'un fauteuil Louis XV, et montré, crayon en main, par quoi l'on juge de la qualité des dossiers et des accotoirs. Quant aux livres, eh bien, il aimait les éditions originales. Oui, à ces moments-là, il n'était plus lui-même et répétait sans doute les gestes et les propos de quelqu'un dont il avait subi l'influence.

— Et vive la quille ! dit Brossier après que le serveur eut apporté les Campari.

Ils trinquèrent. Il n'osait pas confier à Brossier que ses chaussures prenaient l'eau.

— À quoi vous pensez, Louis ?

Il ne pensait qu'à une seule chose : ôter ses chaussures et ses chaussettes trempées, les jeter dans une poubelle et avoir la certitude que jamais plus il n'aurait les pieds mouillés, grâce à des chaussures neuves à semelles de crêpe.

— C'est embêtant, dit-il brusquement.

— Quoi, mon vieux ?

Il avait été docile pendant deux ans, il avait supporté la caserne, la chambrée, l'uniforme, les chaussures qui prennent l'eau, et maintenant que c'était fini, pourquoi avoir supporté tout ça ?

— Il me faudrait des chaussures neuves...

— Mais oui... bien sûr...

— Des chaussures à semelles de crêpe.

Brossier eut l'air étonné. Il avala d'un trait ce qui restait de Campari dans son verre.

— Eh bien, dit-il, on peut essayer d'en trouver.

Ils sortirent du *Café du Balcon* et rejoignirent la rue commerçante, à droite, en contrebas. Sous les arcades en béton, se succédaient les magasins. À la vitrine du dernier, étaient exposés des mocassins et des chaussures de femme. Le marchand s'apprêtait à baisser le rideau de fer.

Dans la petite salle du magasin, ils s'assirent l'un à côté de l'autre, Brossier toujours coiffé de son chapeau tyrolien.

— C'est pour le jeune homme, dit-il.

— Je voudrais une paire de chaussures à semelles de crêpe.

Le marchand expliqua qu'il n'en restait plus beaucoup mais qu'il pouvait lui montrer une « gamme » de mocassins italiens de la plus belle qualité.

— Non... Non... Des semelles de crêpe...

Son choix se porta sur des chaussures montantes dont les semelles avaient près de trois centimètres d'épaisseur. Pour les essayer, il enleva ses chaussettes trempées.

— Vous n'auriez pas une paire de chaussettes ? demanda-t-il.

— Oui... des chaussettes de tennis.

— Ça ne fait rien.

Il les enfila et noua consciencieusement les lacets des chaussures neuves. Brossier sortit son portefeuille et régla. Le marchand tendit à Louis un paquet de plastique qui contenait ses anciennes chaussures et ses chaussettes trempées.

Dehors, il jeta le paquet de plastique dans le caniveau et ce geste solennel marquait la fin d'une période de sa vie. Bien sûr, il lui fallait encore un manteau, mais on verrait plus tard.

— Nous dînons au Neuvotel, lui dit Brossier. J'ai réservé une table. Et deux chambres.

— Avec une salle de bains ? demanda Louis.
— Oui. Pourquoi ?

Une salle de bains, c'était extraordinaire après le grand lavabo de la chambrée, cette mangeoire d'écurie dont le tuyau d'écoulement se bouchait toujours. Une salle de bains, après deux ans de chiottes à la turque aux portes mal jointes qui battaient sous le vent glacé de la cour...

— Alors, je pourrai prendre un bain ?
— Tous les bains que vous voudrez, mon vieux.

La pluie tombait de nouveau mais elle était si fine qu'elle mouillait à peine les cheveux. Ils suivaient la rue dont la pente douce s'incurvait un peu, le long des remparts.

— C'est drôle..., lui dit Brossier en lui désignant les remparts. Un jour, quand j'étais gosse, je suis descendu de là-haut avec une corde à nœuds... Au fait, ça va, vos chaussures ?
— Très bien.

Quelques centaines de mètres jusqu'au Neuvotel. Ils passeraient devant le cinéma *Le Drakkar,* au bas de la rue, avant de traverser le pont sur la Vire. Mais cela n'aurait pas gêné Louis de marcher longtemps encore et il éprouvait un certain plaisir à mettre les pieds bien à plat dans toutes les flaques d'eau. On ne craint plus rien ni personne avec des semelles de crêpe.

*

Un haut-parleur diffusait une musique douce. Personne dans la salle à manger de l'hôtel. Sauf Brossier et lui, à une table du fond. Brossier entamait une bouteille de bourgogne au moment où le serveur leur présentait le plateau de fromages.

— Et vive la quille ! cria-t-il pour la troisième fois en remplissant le verre de Louis.

Celui-ci, d'abord exaspéré par ce terme qui lui rappelait la caserne, n'y prêtait plus attention. Il se laissait aller à une agréable torpeur.

— Vous devriez manger un « nègre blanc » comme dessert, conseilla Brossier. Un « nègre blanc »...

Il avait trop bu. Son visage prenait une teinte écarlate. Il balbutiait :

— Dites-moi, Louis... Vous ne m'en voudrez pas...

Il se penchait vers lui. À voix basse :

— J'ai fait venir deux filles de Cherbourg... Pour fêter la quille...

Louis clignait les yeux à cause de la lumière trop vive. Il tentait vainement de trouver le titre de l'air que diffusait le haut-parleur, une chanson qu'on entendait souvent. Oui, mais comment s'appelait-elle ?

— Deux nègres blancs !

Brossier se penchait de nouveau.

— Vous verrez... Elles sont comme ça, ces filles de Cherbourg...

Elles attendaient dans le hall. Deux brunes, l'une d'elles les cheveux ramenés en queue de cheval. Elles étaient venues dans la voiture de celle à la queue de cheval, une DS 19 qui avait failli tomber en panne du côté de Valognes. Vraiment, ça n'aurait pas été gai avec ce temps.

— Le principal, déclara Brossier, c'est que vous soyez là, mes chéries.

Il caressa la joue de l'une des brunes, qui lui sourit.

Puis il marcha vers la réception. Louis restait seul sa valise à la main, en compagnie des deux filles.

— Alors, il paraît que vous avez fini votre service militaire? demanda la brune à queue de cheval.

— Oui. C'est fini...

— Vous êtes resté ici, à Saint-Lô?

— Oui.

— Moi, je crois qu'il vaut mieux être dans la marine... On voyage...

L'autre avait sorti un miroir de son sac à main et se mettait du rouge à lèvres. Brossier les rejoignit.

— Allez! Chambre 119! En avant!

Dans l'ascenseur trop étroit, Brossier embrassa la fille à queue de cheval et commença à la peloter. Elle lui avait pris son chapeau vert à plume et l'avait coiffé de travers. Louis, plaqué contre l'autre fille, était contraint de porter sa valise à bout de bras.

Une chambre tendue d'un tissu bleu foncé et meublée de lits jumeaux et d'un bureau de bois clair. Une radio était incorporée à chacune des tables de nuit. Brossier tourna le bouton.

— On va demander du champagne! Mais d'abord elles vont te montrer leurs numéros! Elles passent dans une boîte de Cherbourg!

— Quel est votre prénom? demanda la fille qui portait toujours le chapeau à plume de Brossier.

— Louis.

Brossier avait éteint l'électricité. Seule restait allumée l'une des lampes de chevet. Louis regardait par la fenêtre la pluie tomber avec plus de force que tout à l'heure.

— Et vive la quille! Vive la quille! Vive la quille! chantonna Brossier.

— Vive la quille, répéta doucement l'une des brunes.

En bas, devant l'hôtel, s'étendait une esplanade vaste comme une piste d'aéroport. Deux rangées de lampadaires l'éclairaient d'une lumière crue. Pourquoi tant de lampadaires? Louis remarqua, au milieu de l'esplanade déserte, la DS 19 des deux brunes.

*

Dans l'escalier, les vibrations des batteries et des guitares électriques accablaient toujours Georges Bellune. Il s'assit sur la banquette de cuir du premier étage, le buste raide, cherchant à rassembler ses forces avant de franchir le seuil du *Palladium.*

La demi-obscurité était trouée, au fond, à gauche, par la zone laiteuse de l'estrade où s'agitait un groupe de musiciens de rock'n'roll. Le chanteur hurlait, d'une voix encore mal assurée, un succès américain. Autour de l'estrade, se pressaient des garçons et des filles dont la plupart n'avaient pas encore vingt ans. Le batteur de l'orchestre, avec ses cheveux blonds frisés et ses grosses joues, parut à Bellune un enfant de troupe précocement vieilli.

Il se fraya un passage jusqu'au bar et commanda un alcool. Après le troisième verre, il était moins sensible au bruit. Chaque fois qu'il venait au *Palladium,* il y restait une heure tandis que les orchestres et les chanteurs se succédaient sur l'estrade — adolescents de la banlieue ou jeunes employés du quartier. Et leur rêve était si fort, si violent leur désir d'échapper par la musique à ce qu'ils pressentaient de leur vie, que

Bellune percevait souvent les stridences des guitares et les voix qui s'éraillaient comme des appels au secours.

Il avait plus de cinquante ans et travaillait dans une maison de disques. On le chargeait de se rendre deux ou trois fois par semaine au *Palladium* et de repérer certains groupes de musiciens amateurs. Bellune leur fixait rendez-vous à la maison de disques et ils y passaient une audition. À cet instant-là, il n'était rien d'autre qu'un employé des douanes qui choisit, dans une foule d'émigrants massés devant un bateau, deux ou trois personnes, et les pousse sur la passerelle d'embarquement.

Il consulta sa montre et décida qu'il avait suffisamment fait acte de présence. Cette fois-ci, il ne se sentait même pas le courage de porter son attention sur un chanteur ou un groupe de musiciens. Marcher jusqu'à l'estrade en jouant des coudes lui semblait un acte surhumain. Non. Pas ce soir.

C'est alors qu'il remarqua sa présence. Il ne l'avait pas vue jusque-là parce qu'il lui tournait le dos. Une fille aux cheveux châtains, à la peau très pâle, les yeux clairs. Vingt ans à peine. Elle était assise au bar mais elle regardait vers le fond, hypnotisée. Un remous s'enflait, il y avait une bousculade, des applaudissements, des cris. Quelqu'un montait sur le podium : Vince Taylor. Pourquoi ne se mêlait-elle pas aux autres ? Son regard, fixé vers la seule zone lumineuse du *Palladium,* évoqua dans l'esprit de Bellune l'image d'un papillon hésitant qu'attire la lampe. Sur le podium, Vince Taylor attendait que les applaudissements et les cris s'éteignent. Il régla le micro et commença à chanter.

— Vous aussi, vous voulez chanter ?

Elle sursauta comme s'il l'avait tirée brusquement de son rêve et se tourna vers lui.

— Vous êtes là parce que vous vous intéressez à la musique? demanda encore Bellune.

Sa voix douce et sa gravité inspiraient toujours confiance. Elle fit un signe affirmatif de la tête.

— Ça tombe bien, dit Bellune. Je travaille pour une maison de disques. Je peux vous aider, si vous voulez...

Elle le considérait, l'air interloqué. Jusque-là, les gens que Bellune choisissait au hasard pour une audition étaient au moins montés sur l'estrade, ils avaient fait du bruit avec des batteries et des guitares et leurs visages étaient apparus un moment en pleine lumière. Mais ce soir, Bellune avait choisi quelqu'un qui ne disait rien, qui ne bougeait pas et paraissait noyé au milieu du vacarme. Un visage qui se différenciait à peine de l'ombre.

*

Il la raccompagna chez elle, en taxi. Avant de la quitter, il écrivit sur un bout de papier l'adresse et le numéro de téléphone de son bureau.

— Vous pouvez téléphoner et venir me voir quand vous voudrez... Au fait, vous vous appelez comment?
— Odile.
— Eh bien, Odile, à très bientôt, je l'espère.

Elle traversa la cour de ce bloc d'immeubles rouge brique de la porte Champerret. Dans l'ascenseur, elle appuya sur le bouton du cinquième et, quand elle fut arrivée à cet étage, le dernier que desservait l'ascenseur, elle gravit encore un petit escalier, suivit un couloir.

La chambre était mansardée. Il y avait juste le passage entre le lavabo et le lit. Fixées au mur beige, les photos d'une chanteuse noire et d'un chanteur américain. Du radiateur, dont la taille était disproportionnée à la dimension exiguë de la chambre, émanait une chaleur trop forte.

Elle ouvrit la fenêtre d'où l'on voyait, à l'horizon, le haut de l'Arc de triomphe. Elle se laissa tomber sur le lit et sortit de la poche de son imperméable le papier où il avait griffonné ·

>
> Georges Bellune,
> 21, rue de Berri, 3ᵉ étage.
> ÉLYSÉES 0015.

Dès demain, elle lui téléphonerait. Si elle attendait plus longtemps, elle n'oserait plus.

Ce type avait l'air sérieux. Il l'aiderait peut-être. Elle ne détachait pas son regard du bout de papier et voulait se convaincre que le nom et l'adresse y étaient vraiment inscrits.

Elle avait oublié d'acheter quelque chose à manger, mais, de toute façon, il ne lui restait presque rien de son dernier salaire. Depuis qu'elle ne travaillait plus à la parfumerie de la rue Vignon, elle passait toutes ses journées au *Palladium,* comme on s'attarde dans un bain.

Elle mit un disque sur l'électrophone qui se trouvait par terre, au pied du lit. Puis elle éteignit la lampe de chevet. Elle écoutait la musique, allongée dans l'obscurité, avec, en face d'elle, le carré de la fenêtre, un peu plus clair. Comme il manquait la manette pour régler le radiateur, il était impossible de baisser la chaleur, et elle laissait toujours grands ouverts les deux battants de la fenêtre.

*

A Saint-Lazare, il faisait nuit et Brossier s'était endormi. Louis lui tapa sur l'épaule.

Ils attendirent, dans leur compartiment, que tous les voyageurs eussent quitté le wagon. Puis Brossier se coiffa devant la glace de son vieux chapeau tyrolien, tandis que Louis descendait les valises du porte-bagages : sa petite cantine en fer-blanc et la valise en cuir grenat de Brossier.

La file de gens, à la station de taxis, était très dense, et Brossier proposa à Louis de prendre un verre. Ils remontèrent la rue d'Amsterdam. Louis portait les valises et se laissait guider par Brossier. Le choix de celui-ci se fixa sur un café dont les parois vitrées, à l'intersection de deux rues, s'avançaient comme une proue. L'intérieur était violemment éclairé. Quelqu'un jouait une partie de flipper. Ils s'assirent au zinc.

— Deux bières, commanda Brossier sans demander l'avis de Louis. Belges, si vous avez...

Il ôta son chapeau tyrolien qu'il posa à côté de lui sur un tabouret. Louis regardait les gens glisser le long des vitres comme des ombres sous-marines le long des parois d'un bathyscaphe, et l'embouteillage, au carrefour.

— A la vôtre, Louis ! dit Brossier en levant son verre. Vous êtes content d'être à Paris ?

*

Elle suivait un couloir et lui parvenaient des bruits de conversation et des sonneries de téléphone. Des gens entraient, sortaient, claquaient des portes. Dans le bureau de Bellune régnait un grand calme et, si l'on était resté quelques instants sur le seuil, on aurait pu penser que personne n'occupait ce local. Pas le moindre éclat de voix. Pas même le cliquetis d'une machine à écrire.

Bellune, debout devant la fenêtre à guillotine, fumait. Ou bien il était assis sur le bras de l'un des fauteuils de cuir, écoutant des enregistrements de chansons à l'aide d'un magnétophone. Il lui demandait son avis, mais la musique et la voix étaient si basses qu'elle n'entendait presque rien. Un après-midi, elle l'avait même surpris qui regardait pensivement tourner la bande, sans juger nécessaire de mettre le son.

Il travaillait depuis longtemps pour la même maison de disques et, comme son rôle consistait à « découvrir » — selon son expression — de « nouveaux et exceptionnels talents », il lui avait promis de lui faire enregistrer un disque. Mais il paraissait s'ennuyer dans son bureau. Chaque fois qu'elle lui rendait visite, il lui disait du même ton impatient :

— Et si nous descendions, Odile ?

Il décrochait le téléphone qui ne sonnait jamais, et, dans le couloir, donnait un tour de clé à la porte de son bureau. Lui prenant le bras, il la guidait jusqu'à l'ascenseur.

Ils remontaient la rue de Berri vers les Champs-Élysées, lui toujours silencieux, elle n'osant pas le distraire de sa rêverie. Puis, d'une voix très douce, il lui expliquait que le temps était venu de lui faire enregistrer une bande qu'on présenterait à la maison de disques. Il fallait trouver quelques bonnes chansons et il s'adresserait à des auteurs-compositeurs de ses relations. Des « choses classiques » à contre-courant de ce que les « jeunes » chantaient maintenant.

Il se taisait de nouveau et, tandis qu'ils suivaient la rue en sens inverse, elle avait l'impression qu'il se désintéressait d'elle brusquement et qu'il oubliait même sa présence. Elle lui posait une question timide au sujet du disque mais il ne lui répondait pas. Il fixait un point devant lui.

— C'est un métier difficile... très difficile...

Il le disait d'une manière si détachée qu'elle avait envie de savoir si ce métier, il s'y intéressait encore.

Ils étaient arrivés devant la porte du 21. Au moment d'entrer dans l'immeuble, il lui donnait rendez-vous pour le soir.

— A tout à l'heure, Odile.

Elle demeurait là quelques secondes, hésitante, avec l'envie de monter et de le surprendre comme l'autre fois, quand la bande tournait sur le magnétophone. Peut-être passait-il ainsi ses après-midi à regarder les bandes noires se dérouler dans le silence.

*

L'hôtel que lui avait choisi Brossier avant de repartir pour un « voyage d'affaires » était situé au fond du quinzième arrondissement, rue de Langeac. Une chambre avec un lavabo, un lit de bois brun et sur le mur un papier peint à fleurs mauves. Une femme, l'âge incertain et les cheveux courts, lui montait le plateau du petit déjeuner vers neuf heures. Il mangeait tout, même les morceaux de sucre et ce qui restait de confiture après qu'il eut avalé les tartines. Pendant la journée, il commanderait peut-être un sandwich au comptoir d'un café. Il avait calculé qu'avec les cent cinquante francs prêtés par Brossier, il tiendrait plus d'une semaine à ce régime. D'ici là, Brossier serait certainement rentré de son « voyage d'affaires » et lui présenterait — comme il l'avait promis — « cet ami important qui lui donnerait du travail ».

Depuis les jours interminables passés à l'infirmerie de la caserne, il avait gardé l'habitude d'écouter son transistor à la gaine de cuir vert. Allongé, le regard au plafond, il pensait à l'avenir, c'est-à-dire à rien, tandis que se succédaient les bulletins d'information, les chansons et les jeux radiophoniques. Il fumait de temps en temps une cigarette mais tâchait de faire durer le paquet car elles étaient coûteuses, ces cigarettes. Des anglaises, dans des boîtes métalliques. On l'avait beaucoup plaisanté là-dessus à la caserne, mais il n'aimait pas le tabac brun.

A la fin de l'après-midi, il quittait l'hôtel, la clé de la chambre dans sa poche, après avoir lancé un regard furtif vers la porte vitrée de la réception. Le chauve au visage bronzé jouait aux échecs avec un partenaire dont il n'apercevait que le dos. Dehors, il rejoignait la rue de la Croix-Nivert. Le restaurant était beaucoup plus haut et souvent, au passage, il s'arrêtait dans le square Saint-Lambert. Là, sur un banc, il attendait l'heure du dîner en fumant une cigarette. Brossier lui avait donné une vieille gabardine et une veste de tweed qui lui rendaient bien service : cette année-là, le début de l'hiver fut très froid, puis, avec la neige, le temps se radoucit.

Le restaurant avait l'aspect d'un réfectoire, à cause des grandes tables où l'on s'asseyait à huit ou dix, chaque table portant sur une étiquette le nom de celle qui assurait le service. Lui s'asseyait à la table « Gisèle ». Pour neuf francs, il mangeait une entrée, un plat de viande et de légumes, un dessert, et le vin des carafes était à discrétion. Aux murs, courait une fresque représentant un paysage de Savoie, province d'où le patron était originaire.

Il échangeait quelques mots de politesse avec ses voisins, des hommes en majorité, les uns habitant le quartier, les autres chauffeurs de taxi. Il prenait un café et s'attardait volontiers au milieu de tous ces gens, dans la fumée et l'odeur de cuisine qui imprégnaient ses vêtements. Rue de la Croix-Nivert, dans la nuit, il marchait jusqu'au boulevard de Grenelle.

Au carrefour, sous la passerelle du métro aérien, une musique de haut-parleur était étouffée par le vacarme des autos tamponneuses. Il restait un moment au bord de la piste à regarder les perches qui glissaient au plafond dans un sillage d'étincelles et les autos roses, vert pâle ou violettes. Puis il continuait son chemin sur le terre-plein, jusqu'à la Seine.

Plus tard, quand Roland de Bejardy lui parla de son père, il se rappelait le pincement au cœur chaque fois qu'il passait devant les escaliers de la station de métro avant de déboucher sur le quai. A gauche, des immeubles neufs occupaient l'emplacement du Vélodrome d'Hiver où il savait que son père avait disputé des courses. Et les nuits qu'il était de service dans le bureau de Bejardy et qu'il consultait pour passer le temps les vieilles collections reliées de journaux sportifs, collant sur un album les articles où l'on mentionnait le nom de son père parmi ceux d'autres coureurs du Vel' d'Hiv', il se revoyait seul, devant les immeubles qui remplaçaient le vélodrome, avec, au-dessus de sa tête, le fracas du métro et l'impression de n'être qu'un grain de poussière dans la poussière du boulevard de Grenelle. Pourtant, il y avait une présence dans l'air.

*

Le regard de Bellune, debout à la fenêtre, se posa sur elle à l'instant où elle traversait la rue et l'accompagna quelques secondes. Puis elle se perdit dans la foule des Champs-Élysées.

Elle descendait l'avenue et, comme il commençait à pleuvoir, elle s'engagea sous les arcades du Lido. Elle s'arrêtait devant les vitrines du passage. Une femme, en sortant d'un magasin, la bouscula et, plus loin, elle croisa un homme qui lui sourit. Il fit demi-tour, lui emboîta le pas et l'aborda au moment où elle quittait la galerie.

— Vous êtes seule ? Vous voulez prendre un verre avec moi ?

Elle détourna aussitôt la tête et marcha rapidement vers l'avenue. L'homme voulut la rattraper mais s'arrêta sous le porche du Lido. Elle s'éloignait et il ne la quittait pas des yeux, comme s'il avait fait le pari de la garder à la portée de son regard le plus longtemps possible. Les gens sortaient d'un cinéma, par groupes compacts. Il voyait encore ses cheveux châtains et le dos de son imperméable, et, bientôt, elle se confondit avec les autres.

Elle est entrée chez *Sinfonia*. A cette heure-là, il y

avait beaucoup de clients. Elle s'est glissée jusqu'au fond du magasin. Elle a choisi un disque et l'a donné au vendeur pour qu'il le lui fasse écouter. Elle a attendu que l'une des cabines soit libre et elle s'est assise en fixant les deux petits écouteurs à ses oreilles. Un silence d'ouate. Elle a oublié l'agitation autour d'elle. Maintenant, elle se laisse envahir par la voix de la chanteuse et elle ferme les yeux. Elle rêve qu'un jour, elle ne marchera plus dans cette foule et dans ce vacarme qui l'étouffent. Un jour, elle parviendra à crever cet écran de bruit et d'indifférence et elle ne sera plus qu'une voix, une voix qui se détache avec netteté, comme celle qu'elle écoute en ce moment.

*

A la sortie du métro Iéna, elle descendait l'avenue jusqu'à la Seine et longeait les jardins du Trocadéro. Bellune habitait un peu plus loin, dans l'une de ces rues perpendiculaires au quai de Passy.

L'appartement, au dernier étage de l'immeuble, était surmonté d'une terrasse d'où l'on voyait les toits du quartier, la Seine et la tour Eiffel. Bellune avait disposé des transats et une table en bordure de la terrasse que cernait une rampe blanche à l'aspect de bastingage.

Les fenêtres de la pièce de séjour donnaient sur la rue et le mobilier consistait en une table longue, un fauteuil de cuir et un piano droit. Un couloir menait à la chambre de Bellune. Au mur gauche du couloir, une petite affiche de la dimension d'un tract où l'on pouvait lire :

ROSES D'HAWAII
VON
GEORG BLUENE
mit
GUSTI HORBER
UND
OSCAR HAWELKA

Les caractères du titre étaient entremêlés de guirlandes de roses. Au-dessus, une photo en médaillon d'un jeune homme beau et brun en qui elle reconnut Bellune.

— C'est vous ?

Il ne répondit pas. Le lendemain, ils dînaient dans le restaurant du square de l'Alboni — ils dînaient toujours dans les restaurants du quartier comme si Bellune craignait de s'éloigner de son domicile — et il lui donna quelques explications. A vingt-trois ans, quand il habitait encore l'Autriche, il avait écrit la musique de cette opérette qui remporta un immense succès à Vienne, sa ville natale, puis à Berlin, mais la malchance avait voulu que ce début de carrière coïncidât avec l'arrivée des nazis au pouvoir. Quelques années plus tard il dut quitter l'Autriche pour la France et il n'avait jamais plus écrit de musique, se contentant de travailler à la radio et dans des maisons de disques. Il parlait de tout cela avec indifférence comme s'il s'agissait d'un autre homme que lui.

Après le dîner, il l'emmenait parfois dans quelque cabaret où se produisaient des débutants. Les numéros décevaient Bellune mais, par acquit de conscience, il restait jusqu'à la fin. Un soir, dans une salle proche du Sacré-Cœur et vide de clients — rue du Chevalier-dela-Barre, exactement : le nom de cette rue l'avait intriguée — on leur présenta le spectacle pour eux tout seuls. Sous un éclairage blafard, un chanteur aux cheveux blonds platinés et au costume bleu ciel secouait une guitare électrique en dodelinant de la tête. Bellune, impassible, ne le quittait pas des yeux. Puis une petite brune en robe de dentelle blanche commença à chanter une berceuse. Entre chaque numéro, un présentateur, l'air d'un camelot distrait, lançait des mots d'esprit. Une longue fille au front bombé, le visage et le buste en figure de proue, interpréta des complaintes de marin. Et ce fut le tour d'une femme boulotte et grimaçante qui se livra à une série de gags bavards. L'éclairage prenait des teintes orange, opale, turquoise, et Bellune félicita les artistes. Elle, cette soirée l'avait profondément marquée.

C'était sans doute de le regarder à la dérobée sous ces lumières, et de le trouver mystérieux, et même beau et ressemblant au jeune homme du médaillon, celui qui avait écrit à Vienne, la musique de *Roses d'Hawaii*.

*

Elle finissait par se demander ce qu'elle deviendrait sans lui et se sentait perdue quand il n'était pas à côté d'elle.

Une nuit qu'elle rentrait de chez Bellune plus tard que d'habitude, des policiers arrêtaient les voitures et vérifiaient les identités de leurs occupants. De loin, elle les aperçut mais elle n'osa pas dire au chauffeur de taxi de la laisser descendre tout de suite, pour les éviter.

Sur un geste d'un agent en uniforme, le taxi vint se

ranger le long du trottoir. Elle fouilla dans son sac à la recherche de son passeport et le tendit à travers la vitre baissée.

— Vous êtes mineure...

L'agent lui fit signe de descendre. Elle régla la course, et le chauffeur du taxi, indifférent, lui rendit la monnaie, sans même se retourner.

Le panier à salade était garé un peu plus loin, dans la contre-allée du boulevard Berthier. On l'y poussa.

— Une mineure...
— Quel âge?
— Dix-neuf ans.

À l'intérieur, ils étaient deux en uniforme et un gros blond en civil. Celui-ci examinait le passeport.

— Vous habitez chez vos parents?
— Non.
— Vous êtes étudiante?
— Non.

La portière claqua, le chauffeur fit demi-tour et prit le boulevard Berthier. Elle était coincée entre les deux agents en uniforme. Le gros blond en civil, assis sur la banquette en face d'elle, la regardait en agitant mollement le passeport.

— Qu'est-ce que vous faisiez dehors, à cette heure-là?

Elle ne répondit pas. D'ailleurs il avait posé cette question d'une voix lasse, pour la forme, et la réponse ne semblait pas l'intéresser.

— Tu m'arrêtes un moment rue Le Châtelier, dit-il au chauffeur.

Il glissa le passeport dans la poche de sa veste. Le panier à salade s'engagea dans une petite rue à droite, ralentit et s'arrêta.

Le gros blond se leva et descendit. Comme il n'avait pas refermé la portière, elle le vit entrer dans une maison dont la porte vitrée était ornée de ferronneries. Sur le mur, une enseigne lumineuse indiquait : *Résidence Gourgaud.*

Un instant, elle pensa s'enfuir. L'un des agents en uniforme était sorti à son tour et faisait les cent pas sur le trottoir. L'autre s'était assis sur la banquette en face d'elle et avait fermé les yeux. Mais comment pourrait-elle récupérer son passeport ? Et l'agent, sur le trottoir, lui barrerait le passage.

Un engourdissement la prenait. Les deux fenêtres du rez-de-chaussée de la résidence Gourgaud étaient éclairées et, derrière celle de gauche, elle distinguait une plante verte dont les feuilles larges se collaient à la vitre comme des ventouses.

— Vous voulez une cigarette ?

L'agent lui tendit son paquet. Elle refusa.

— Vous croyez qu'on va me garder longtemps ?
— Je ne sais pas.

Il avait haussé les épaules. Il était jeune, pas plus de vingt-cinq ans, l'air ensommeillé, et tirait sur sa cigarette d'une manière sournoise, la serrant entre pouce et index.

Le gros blond était sorti de la résidence Gourgaud accompagné d'un autre homme, très grand, une canne à la main. Et aussitôt, comme s'il devait les laisser seuls, l'agent en uniforme qui faisait les cent pas monta dans le panier à salade et s'assit à côté d'elle. Les deux autres, sur le trottoir, parlaient à voix très haute et éclataient de rire. Elle entendait des bribes de leurs propos. Il était question d'un certain Paul.

Ils poursuivaient leur discussion, s'éloignant de

temps en temps du panier à salade et chaque fois elle se demandait s'ils reviendraient. Peut-être l'avait-on oubliée ? À ses côtés, les deux agents en uniforme somnolaient. De nouveau le gros blond et l'autre allaient et venaient devant le panier à salade en parlant très fort.

Elle se dit que cela durerait toute la nuit et qu'elle s'endormirait comme les deux agents. Mais le gros blond se pencha à la portière.

— Vous pouvez descendre.

L'autre se tenait à quelques pas, appuyé sur sa canne.

— Je ne vous rends pas votre passeport tout de suite. Vous viendrez le chercher demain à deux heures. Entendu ?

Il lui indiqua l'adresse d'un commissariat du dix-septième arrondissement.

Elle marchait tout droit, sans oser se retourner, certaine que les deux hommes la suivaient des yeux. Quand elle rejoignit l'avenue de Villiers, elle entendit le bruit de moteur du panier à salade qui passa en trombe devant elle.

Un café était encore ouvert place de la Porte-Champerret et elle voulait téléphoner à Bellune pour tout lui raconter, mais elle ne se sentit pas le courage de demander un jeton à la caisse.

La trouée du boulevard Bineau. Elle était arrivée sur une esplanade, à la frontière de la ville.

Il suffisait de marcher dans la trouée du boulevard vers Neuilly et ce serait comme si l'on s'arrachait à un marécage et que l'on gagnait le large.

Mais elle traversa la cour du grand bloc d'immeubles, à gauche, et elle monta l'escalier. Dans sa chambre, elle s'allongea sur le lit et s'endormit aussitôt, sans même se déshabiller ni éteindre la lampe de chevet.

*

Louis se réveilla en sursaut. On frappait très fort à la porte de sa chambre.
— Debout là-dedans... C'est Brossier... Je vous attends en bas...
Il s'habilla rapidement et, sans même se peigner, descendit l'escalier. Brossier était appuyé au bureau de la réception.
— Je vous emmène prendre un petit déjeuner..
Dehors, il faisait encore nuit. Il était sept heures à peine. Ils entrèrent dans un café de la rue de Vaugirard où le garçon achevait de disposer les chaises autour des tables.
Brossier trempait les tartines beurrées dans le café au lait et les avalait avec une voracité qui étonnait Louis. Il portait un chapeau neuf, du même modèle que l'autre, piqué de la même plume roussie. Son manteau paraissait neuf, lui aussi : un loden.
— Pas mal, hein, ce manteau ?... Il vous faudrait le même... Ça vous irait bien... Je vous emmènerai chez Tunmer... Vous ne pouvez pas toujours porter ma vieille gabardine... Excusez-moi de vous avoir réveillé si tôt, mais je pars encore pour cinq jours... Dans le Sud-Ouest... À mon retour, je m'occupe de vous...
Il lui glissa dans la main des billets pliés en quatre.
— Votre argent de poche... Et n'oubliez pas qu'à mon retour vous commencez à travailler... Je vous présente l'ami dont je vous ai parlé...

Il consulta sa montre, l'air préoccupé.

— Si vous voulez me joindre, vous pouvez laisser un message à l'hôtel Muguet, rue Chevert, dans le septième arrondissement... On me le transmettra.. Hôtel Muguet... Invalides 05-93...

Il écrivit sur un bout de papier le numéro de téléphone.

— Disons que nous nous retrouvons dans cinq jours, à la même heure, avenue Duquesne, à l'Alcyon de Breteuil...

Que pouvait-il aller vendre ou acheter dans le Sud-Ouest ? se demandait Louis. Des pneus, peut-être. Cette idée lui donna envie de rire. Oui, des pneus.

*

— Vous avez travaillé pendant un an au *Paris-Parfum,* rue Vignon ? demanda le gros blond.
— Oui.
— Et pourquoi vous n'y travaillez plus ?

Elle baissa la tête et s'aperçut que son bas était filé.

— Je leur ai téléphoné. Ils ont été gentils de ne pas porter plainte. Après tout, ce n'est pas méchant de barboter quelques tubes de rouge à lèvres à votre âge... Non... non... Ne vous en faites pas...

Sa voix avait pris des inflexions douces.

— Vous saviez que votre mère était inscrite au Sommier dans le temps ?

Le Sommier. Qu'est-ce que cela voulait dire ? Il lui tendit une feuille de papier où étaient écrits son nom et son prénom à elle et sa date de naissance, avec la mention : « Père inconnu ». Plus bas, le nom et le prénom de sa mère. Elle lut des phrases, au hasard :

« ... L'intéressée vivait d'expédients... galanterie... marché noir... Maîtresse de Pacheco pendant l'occupation allemande... Interrogée en septembre 1944 par les services du Quai de Gesvres... Décédée à Casablanca (Maroc) le 14 février 1947, à l'âge de trente-deux ans... »

— Nous avons bonne mémoire...

Il s'appuyait du coude sur l'étui en plastique noir de la machine à écrire et lui souriait gentiment. Mais elle avait peur de ce sourire et souffrait de son bas filé comme d'une blessure qui l'aurait empêchée de fuir.

*

— À vous de jouer, dit le gros blond.

Elle traversa le hall de la gare et entra dans l'une des salles d'attente. Personne. Elle s'assit et commença à feuilleter un magazine en essayant de maîtriser sa nervosité.

Au bout de quelque temps, des gens entrèrent et prirent place sur les sièges. C'était l'heure d'affluence. Les trains qui viennent de la banlieue déversent leurs voyageurs, tandis que la foule de ceux qui ont passé leur journée de travail à Paris se presse sur les quais de départ et ce mouvement de sablier dure jusqu'à huit heures du soir.

Il serait facile pour elle de se fondre dans cette masse de gens, d'échapper ainsi à la surveillance du gros blond et des deux autres et de prendre n'importe quel train. Mais l'un des policiers en civil entra dans la salle d'attente, s'assit près de la porte et, sans lui prêter la moindre attention, se pencha aussitôt sur un journal.

Bientôt, tous les sièges furent occupés. Elle jetait des

regards autour d'elle en évitant qu'ils se posent sur le policier en civil. Visages harassés de ceux qui attendent leur train. Une femme répandait une odeur de poudre qui se mêlait à celle du tabac froid. Sur le mur du fond une affiche aux couleurs blanc et bleu ciel : un skieur glissait seul, au milieu d'une grande étendue de neige qui réverbérait le soleil. Et il était écrit : VACANCES EN ENGADINE.

Dehors, un homme collait son front à la porte vitrée. Est-ce qu'elle sortirait jamais de cet aquarium? Quelqu'un, à côté d'elle, se leva et quitta la salle d'attente. L'homme la contemplait derrière la vitre. Après un instant d'hésitation, il vint s'asseoir sur la chaise vide et le pan de son manteau lui effleura le genou.

— Vous avez l'heure?

Sa voix, très aiguë, contrastait avec le visage carré et les cheveux coupés en brosse. Il portait un nœud papillon.

Avant de lui répondre, elle glissa un regard rapide vers le policier en civil qui lui fit de la tête un signe presque imperceptible.

— Vous attendez quel train? lui demanda l'homme.

— Le train de Cherbourg, à neuf heures.

— Moi aussi. Quelle coïncidence... Voulez-vous que nous prenions un verre ensemble? Nous avons presque une heure devant nous...

Sa voix était de plus en plus aiguë mais il avait aussi une curieuse façon de mouler les mots, comme si ses lèvres les imprégnaient de vaseline.

— Si vous voulez...

Il marchait vite, sans la quitter des yeux. Le policier en civil les suivait à quelques mètres, sur le côté.

— Je vous propose de prendre une tasse de thé en dehors de cette gare. Je connais un endroit calme...

Il faisait nuit. Il ouvrit la portière d'une voiture. Une DS 19. D'un ton bref :

— L'endroit n'est pas loin, mais cela ira plus vite en voiture...

Il descendait la rue d'Amsterdam.

— Vous êtes... étudiante ?
— Oui.
— Quelles études ?

Elle ne savait quoi répondre.

— Des études d'anglais...

Ses mains sur le volant. Des mains un peu grasses et blanches sans la moindre pilosité. Il portait une alliance. Avant de s'asseoir dans la voiture, il avait enlevé et plié soigneusement son manteau. Le costume était bleu marine et le nœud papillon grisâtre.

Il suivait la rue Saint-Lazare et tournait la tête à droite, à gauche.

— Drôle de quartier... Je n'aime pas ce quartier...

Sa bouche se pinçait.

— Regardez... C'est ignoble...

Sous l'arcade de la rue de Budapest, une femme attendait et, derrière elle, un groupe d'hommes stationnaient face à la porte d'un hôtel.

— Vous ne trouvez pas que c'est ignoble ?

Comme elle restait silencieuse :

— Vous vous rendez compte, si vous étiez une fille comme ça... Ignoble, non ?...

Il s'engageait dans la rue de Londres.

— Elles font ce qu'on appelle de l'abattage... pauvres filles...

— C'est loin, votre endroit ?

47

— Non. Tout près. Pauvres filles...

Elle décida qu'au prochain feu rouge, elle lui fausserait compagnie. Il tourna brusquement à gauche dans une petite rue déserte et très étroite qui avait l'apparence d'une voie privée. Il s'arrêta. Elle tenta d'ouvrir la portière, mais celle-ci était fermée à clé.

— Attendez un instant... Je voudrais vous montrer quelque chose...

De nouveau, elle pressa nerveusement la poignée de la portière et donna un coup d'épaule contre la vitre.

— Non, non... Ce n'est pas la peine... J'ai fermé à clé... Attendez...

Il s'était retourné et avait saisi sur la banquette arrière une serviette noire. Il l'ouvrit, en sortit un grand album relié en cuir marron et remit la serviette noire à sa place.

— Tenez... regardez...

Il ouvrit l'album. Sur les pages de celui-ci, soigneusement collées, des photos « spéciales », de celles que vendaient jadis à la sauvette, sur le boulevard de Clichy, deux jumeaux aux visages rouges et grêlés. Il tournait les pages d'un doigt précautionneux, comme les feuillets d'un missel.

— Voyez-vous... celle que je préfère... c'est... celle-ci...

De profil, une femme, masquée d'un loup noir, suçait le sexe d'un homme sans visage.

— Elle vous plaît ?

Il avait lâché l'album. Il la saisit à la nuque. Elle se débattait mais il la serrait de plus en plus fort. Il la plaquait, de son épaule droite, contre le dossier de la banquette, tendait le bras gauche en arrière, ouvrait la boîte à gants.

— Attendez... Il faut que je prenne mes précautions...

Il lui présentait, à quelques centimètres de son visage, un préservatif à moitié déroulé.

— Ça ne vous gêne pas ? J'ai peur des maladies...

Il la serrait de plus en plus fort et elle essayait de se dégager. Il réussit à la coucher sur la banquette et il pesa sur elle.

— Ça ne durera pas longtemps... Ne bougez pas...

Elle ne voyait plus rien, sauf son nœud papillon grisâtre qui tressautait contre ses yeux.

— Ne bougez pas... Ça va aller vite...

Mais on ouvrait une portière. Quelqu'un tirait l'homme par le col de sa veste, hors de la voiture. Elle se releva et le gros blond l'aida à sortir.

Ils avaient acculé l'homme contre un mur, entre deux hautes persiennes fermées, et, comme il gesticulait, l'un des policiers en civil le frappait régulièrement du revers de la main. Ils le traînèrent jusqu'à leur voiture, garée à l'entrée de la ruelle.

— Je viens tout de suite, leur cria le gros blond tandis que les deux autres poussaient l'homme dans la voiture.

Puis, l'air un peu gêné, il se rapprocha d'elle.

— C'est fini. On va prendre un verre, si vous voulez...

La portière de la DS 19 était restée ouverte. Il la referma après avoir ramassé quelque chose sur la banquette.

— Il a oublié ça...

Le gros blond lui montra le nœud papillon qu'il fourra dans sa poche.

49

Ils s'assirent à une table, dans un café voisin, rue de Londres.

— Deux Kir! commanda le gros blond.

Elle but le verre d'un trait.

— Prenez-en un autre.

Il avait sorti de sa poche le nœud papillon et, tandis qu'il le manipulait, il lui donna quelques détails sur l'homme que lui et ses collègues venaient d'appréhender « grâce à sa coopération ». Un ingénieur de Bois-Colombes... Ils avaient mis trois mois à l'identifier... Il avait failli tuer une petite Allemande comme ça, le salaud.

Elle l'écoutait à peine, encore bouleversée par ce qui venait de se passer. Et les deux Kir qu'elle avait bus coup sur coup achevaient de l'étourdir.

— Un autre Kir? Mais si, voyons... avec moi...

Il était sûr que cela finirait gare Saint-Lazare. Une vieille expérience qui datait du temps de ses débuts dans un commissariat du quartier. Saint-Lazare est l'endroit le plus bas de Paris, un creux, une sorte d'entonnoir où tous, ils finissent par glisser. Il suffit d'attendre. Et une fois qu'ils barbotent au fond du marécage de Saint-Lazare, on les ferre comme des brochets. Et voilà.

— Demain, vous ferez la déposition... On va le saler, ce coco... Et je vous rendrai votre passeport...

Il se levait, lourdement.

— Toujours à la même adresse, hein, pour la déposition... Demain, deux heures, au bureau de police Galvani... Et après, vous mettrez une croix là-dessus...

Il eut un vague sourire et sortit du café, d'une démarche souple. Il avait oublié sur la table le nœud papillon dont elle ne parvenait pas à détacher son regard.

Tout cela n'avait aucune importance, finalement. Elle n'en parlerait même pas à Bellune. Elle commanda un autre Kir. Derrière elle, quelqu'un jouait au billard électrique et elle entendait la voix du chanteur qu'elle aimait bien et que diffusaient tous les juke-boxes cette année-là, une voix blanche et sourde, ni d'homme, ni de femme, une voix imbibée comme une éponge par la fumée, les tintements des billards, les murmures des conversations, le crachotement des percolateurs et par la nuit là-bas sur la place, où étincelaient les vitres du *Royal Trinité*.

Une seule chose comptait. On allait lui rendre son passeport.

*

Enfin Bellune, un après-midi, dans son bureau de la rue de Berri, lui présenta deux hommes : un obèse presque chauve tenant à la main une serviette noire et un autre, les cheveux blonds et frisés et les joues creuses : Berne et Sardy, auteurs-compositeurs. Ils avaient écrit quatre chansons pour elle et Bellune leur tendit les contrats d'édition musicale qu'ils signèrent.

Pendant toute la semaine suivante, elle apprit ces chansons avec un pianiste autrichien que Bellune utilisait parfois en qualité de secrétaire et qu'il avait connu du temps de *Roses d'Hawaii*. Quand elle les sut bien, Bellune décida de la date des séances d'enregistrement.

Il l'accompagna au studio. Elle enregistra les chansons en deux après-midi. Puis il fit presser plusieurs disques témoins, des « souples », comme il disait, où ses quatre chansons étaient gravées. Le soir, elle les écoutait chez lui, et elle avait peine à croire qu'en posant un disque sur l'électrophone, elle entendrait sa voix, sa voix à elle. Bellune l'encourageait en lui répétant que sa voix sonnait juste et que son contrat serait bientôt signé. L'une des chansons avait pour titre : *Les oiseaux reviennent,* et le refrain d'une autre commençait par : *J'ai jeté mon cœur dans les vagues.*

*

Il avait voulu apporter lui-même l'un des « souples » des chansons et elle l'attendait près de la maison de disques, dans une petite rue qui longeait le flanc du *Gaumont-Palace.*

Quand il revint, il lui dit que « la machine était en marche » et qu'il recevrait certainement une réponse positive d'ici une semaine. Alors, elle signerait le contrat.

Il décida de rentrer à pied à son bureau et ils suivirent le boulevard des Batignolles sur le trottoir qui était du côté du soleil. Bellune gardait le silence et semblait préoccupé. Elle lui posa plusieurs questions auxquelles il ne répondit pas. Elle finit par lui demander si quelque chose lui causait du souci.

— Mais rien du tout, voyons... rien du tout...

Au carrefour, ils s'engagèrent à gauche, boulevard Malesherbes, et Bellune, qui jetait un coup d'œil distrait sur les façades d'immeubles, s'arrêta brusquement devant un hôtel particulier minuscule dont la porte et l'unique fenêtre donnaient à cette construction l'allure d'une maison de poupée.

— Tiens... comme c'est drôle...

L'accent très léger avec lequel il parlait français d'habitude, et qui ne devenait vraiment perceptible que lorsqu'il prononçait son prénom : Odile, s'était renforcé. Elle se tenait à côté de lui, et regardait elle aussi cette maison sans comprendre ce qui avait pu attirer son attention.

— C'est très drôle... Tu sais ce qu'il y avait ici, dans le temps ? Le consulat général d'Autriche.

— Ah bon ?

— Oui... le consulat général d'Autriche...

Il se perdait dans un souvenir. Il avait posé d'un geste très doux la main sur son épaule et comme on parle à un enfant :

— Un jour, je me suis présenté ici... La première année où je vivais à Paris. L'Autriche n'existait déjà plus. Et pourtant, il y avait encore un consulat général d'Autriche...

Il baissait la voix, de la même manière que celui qui lit *Les Malheurs de Sophie* à une petite fille sur un ton confidentiel pour mieux la captiver.

— Je suis donc entré dans cette maison qui était le consulat général d'Autriche... Et on m'a expliqué que j'avais perdu ma nationalité autrichienne... Fini... plus de passeport... Alors je suis allé au parc Monceau m'asseoir sur un banc...

Il lui prit le bras et, après un dernier regard à la façade noire de cette maison, l'entraîna vers la grille du parc.

Ils s'assirent sur un banc, près du tas de sable où jouaient des enfants. Il n'avait pas l'air de vouloir rentrer tout de suite à son bureau.

— On devrait rester un peu au soleil...

— Bonne idée, Odile.

L'histoire qu'il venait de lui raconter lui semblait un peu obscure et elle aurait aimé qu'il lui donnât plus de détails, mais il s'était renversé sur le banc, et, les yeux fermés, offrait son visage au soleil. Elle aurait voulu savoir, par exemple, s'il s'était assis sur le même banc, cet après-midi-là, après sa visite au consulat général d'une Autriche qui n'existait plus.

*

Elle sonna plusieurs fois de suite. Personne. Comme elle avait une clé de l'appartement, elle ouvrit elle-même.

Elle appela mais il ne répondait pas. L'appartement était silencieux. Bellune avait dû s'attarder au bureau.

Sur la table de la salle de séjour, une grande enveloppe. Son prénom y était écrit à l'encre rouge. Elle la décacheta. L'enveloppe contenait les « souples » qui restaient de ses deux chansons et une lettre.

« Ma chère Odile, quand tu liras cela, j'en aurai fini avec la vie dans une chambre de l'hôtel Rovaro, avenue des Ternes. J'habitais dans cet hôtel il y a longtemps. Je venais d'arriver d'Autriche. Mais ce serait trop long à expliquer et je ne veux pas t'ennuyer.

« Pour ton disque, je suis optimiste. Va voir de ma part Dauvenne ou Wohlfsohn, Étoile 50-52. Ils s'en occuperont.

« Je t'embrasse, et, comme le disait une chanson de ma jeunesse : *Sag' beim abschied leise* " *Servus* ".

« Georg.

« Ne reste pas dans l'appartement parce qu'ils risquent de t'embêter et de te poser des questions. »

Elle ne se sentait plus la force de se lever et ne quittait pas des yeux le piano dont un rayon de soleil faisait luire une partie du clavier. Elle pensa aux après-midi, devant ce piano, avec le vieil Autrichien, secrétaire intermittent de Bellune, qui lui apprenait les chansons et lui jouait même, pour l'amuser, l'ouverture de *Roses d'Hawaii*. Elle demeurait assise sur le fauteuil de cuir, la grande enveloppe à la main.

Le téléphone sonna mais elle ne bougeait pas. Les sonneries se succédèrent pendant longtemps, puis, dans le silence, le rayon de soleil glissait sur la moquette grise.

*

De nouveau le téléphone sonna. Cette fois-ci, elle alla décrocher.
— Allô!...
— Qui est à l'appareil?
C'était une voix d'homme, nerveuse.
— Une... amie de M. Bellune.
— Attendez... ne quittez pas, je vous prie...
L'homme parlait avec quelqu'un. Elle entendait un murmure de voix.
— Allô!... Je suis bien au domicile de M. Georges Bellune?

Une voix plus feutrée que la première. Elle raccrocha. Elle longeait les jardins du Trocadéro. Chaque soir, elle suivait le même chemin, et cela depuis deux mois. Les jardins. Le quai. L'arche du pont de Bir-Hakeim. Elle se rappelait l'aquarium du jardin, qu'elle avait visité avec lui et les escaliers qu'ils montaient pour rejoindre le boulevard Delessert. Il lui avait fait remarquer que ce quartier était construit sur plusieurs niveaux, au flanc d'une colline, ce qui lui donnait un charme particulier. Et les nuits sur la terrasse, ces quelques nuits de décembre singulièrement douces après que la neige fut tombée — ces nuits où ils tentaient de percer le mystère des fenêtres et des terrasses voisines.

*

Dans un café, elle demanda un annuaire et y chercha l'adresse de l'hôtel puis elle remonta l'avenue des Ternes.

Quand elle arriva à la hauteur du numéro, elle vit une ambulance et un car de police garés sur le trottoir et plusieurs agents en uniforme qui discutaient entre eux. Ils se tenaient devant un porche par où l'on devait accéder à l'hôtel. Deux hommes sortaient du porche et elle fit brusquement demi-tour. Elle avait reconnu l'un d'eux : le gros blond de l'autre fois, celui qui l'avait utilisée comme appât gare Saint-Lazare. La semaine précédente, elle était allée au bureau de police Galvani pour signer la déposition, et il lui avait rendu son passeport.

Elle courait, sans oser se retourner, de peur de constater que le gros blond la poursuivait, comme ces mouches bleues et luisantes dont on ne parvient pas à se débarrasser et qui se collent à votre visage ou à vos mains. Elle eut la certitude que s'il rôdait par là, cela voulait dire que Bellune était bien mort.

*

Elle est assise à une table du buffet, dans le passage suspendu qui relie la gare Saint-Lazare à l'hôtel Terminus. Par la vitre, elle regarde la rue et les gens qui sortent de la gare et attendent à la station de taxis. L'idée vague de prendre le train, de quitter Paris au plus vite, a guidé ses pas jusqu'ici, et elle se souvient de la réflexion du gros blond : on finit toujours par échouer au fond du creux de Saint-Lazare.

Il fait nuit. Un va-et-vient monotone entre la salle des Pas-Perdus et le buffet. Des gens avalent rapidement une boisson et repartent vers leurs trains de banlieue. En bas, on s'engouffre au fur et à mesure dans les taxis, mais la file d'attente est toujours aussi longue. Elle seule reste immobile au milieu de cette agitation.

Elle a commandé un Kir, comme l'autre fois avec le gros blond. Elle oublie pourquoi elle est ici. La tête lui tourne à cause de ce flot de personnes qui s'asseyent, se lèvent, s'asseyent, et du vacarme de la salle des Pas-Perdus. Depuis combien de temps n'a-t-elle pas dormi ? Elle ne voit plus, autour d'elle, que des silhouettes confuses, de grandes taches mouvantes, tandis qu'un bourdonnement d'insecte à son oreille recouvre peu à peu tous les autres bruits

*

Brossier avait baissé la vitre du compartiment et penchait la tête au-dehors.

— Je vous téléphone à l'hôtel Langeac après-demain, Louis... vers cinq heures...

Le train s'ébranlait. Brossier, penché à la vitre, tendait d'un geste impératif les cinq doigts de la main. Sans doute cela voulait-il dire : « Cinq heures. »

Louis rejoignit la salle des Pas-Perdus. Il était trop tard pour aller dîner rue de la Croix-Nivert. Il se dirigeait vers les escaliers par où l'on sort de la gare quand il remarqua, à gauche, le petit buffet aménagé dans le passage vitré. Il y pénétra, s'assit à une table, commanda un café au lait et deux tartines.

Il n'y avait pas d'autres consommateurs que lui, en raison de l'heure tardive. Sauf, à une table du fond, une fille qui paraissait dormir, le front posé contre son bras replié. Louis ne voyait que ses cheveux châtains.

La lumière de ce buffet était d'un jaune un peu trouble, comme usée ou salie par le souffle de tous ceux qui affluaient ici, aux heures de pointe. Seule brillait d'un éclat limpide la vitre noire à côté de laquelle était collée, au mur, une affiche. On y lisait : VACANCES EN ENGADINE.

Tout en mangeant les tartines, il ne pouvait détacher son regard de cette chevelure répandue sur la table. On distinguait à peine le coude, le front et la main. Pas le moindre mouvement, le moindre signe de respiration. Peut-être était-elle morte.

Il buvait son café au lait. Le serveur avait quitté le buffet et il y régnait maintenant un silence à peine troublé par le bruit de moteur diesel des taxis qui s'arrêtaient en bas, à la station, et le claquement régulier des portières. Sur la table, près de la chevelure de la fille, un verre à moitié plein d'un liquide dont Louis se demanda, à cause de sa couleur, si c'était de la grenadine.

Le serveur réapparut et commença à disposer les chaises à la renverse sur les tables. C'était l'heure de la fermeture. Louis régla sa consommation.

— Elle dort?

Le serveur lui désignait la fille, affalée sur la table. Après un instant d'hésitation, il marcha vers elle et lui secoua l'épaule. Elle leva lentement son visage.

— On ferme!

Elle clignait des yeux, sans comprendre. Louis fut frappé par sa pâleur. Elle fouilla dans sa poche et en sortit quelques pièces de monnaie qu'elle posa sur la table. Le serveur les compta.

— Il manque trois francs.

Elle fouilla de nouveau dans sa poche, l'air traqué, mais ne trouva rien. Louis se leva et déposa un billet de cinq francs sur la table.

— Merci.

La salle des Pas-Perdus était déserte. Louis la suivait. Elle marchait de plus en plus lentement et il craignait de la voir tomber. Enfin, elle s'assit sur un banc, près des guichets.

— Vous vous sentez mal? demanda Louis.

— Pas très bien... J'ai peur de tomber dans les pommes...

Il s'assit à côté d'elle.

— Je peux vous aider si vous voulez...

— Merci... attendez un peu... Ça va aller mieux...

Tout au fond, à la terrasse du grand buffet, un groupe de permissionnaires chantaient en interrompant chaque refrain par des beuglements ou des éclats de rire. Quelques personnes se dirigeaient avec des lenteurs de somnambules vers les quais de départ. Louis pensait à la foule de tout à l'heure quand il avait accompagné Brossier au train. Après que la marée se fut retirée, il ne restait plus dans ce hall immense et vide que lui, cette fille et les permissionnaires, là-bas, échoués comme des paquets d'algues.

Il l'aida à se lever et la soutint par le bras. En descendant l'escalier, il sentait la pression de sa main. Elle était encore plus pâle que dans le hall, peut-être à cause de la lumière qui tombait des tubes de néon. Il l'entraîna jusqu'à la station de taxi. Par chance personne n'attendait.

Elle murmura si bas son adresse que ce fut lui qui indiqua au chauffeur : « Porte Champerret. »

*

Elle se tenait à peine debout dans l'ascenseur, et il lui prit le bras pour traverser le couloir. Elle lui désigna la porte de sa chambre et lui donna la clé, qu'il eut du mal à faire tourner parce qu'il ne fallait l'enfoncer qu'à moitié dans la serrure. Elle se laissa tomber sur le lit.

— Vous voulez manger quelque chose ? dit Louis.
— Non merci.

Son visage était si pâle qu'il se demanda s'il ne devait pas appeler un docteur.

— ... Je me sens déjà mieux...

Elle lui sourit faiblement.

— Vous pouvez rester un peu avec moi ? jusqu'à ce que ça aille encore mieux...
— Comment vous appelez-vous ?

— Odile.

Il s'était assis sur le rebord du lit. Elle fermait les yeux et les rouvrait à intervalles de plus en plus longs. Bientôt elle s'endormit.

Et s'il allait lui chercher quelque chose à manger ou à boire ? Les cafés étaient encore ouverts porte Champerret, certainement. Mais elle risquait de se réveiller pendant son absence. Il se rendit compte que Brossier avait oublié de lui donner de l'argent avant de partir. Il ne lui restait que deux billets de cinq francs.

Elle dormait, la joue gauche appuyée contre l'oreiller. Il lui ôta ses bottes qui s'ouvraient sur le côté, grâce à une fermeture Éclair. Cette chambre était minuscule. Juste le passage entre le lit et le lavabo. Il vit, aux murs, les photos des chanteurs et, au-dessus du lavabo, l'éphéméride, à la date du 4 janvier. Machinalement, il arracha les feuillets périmés. On était le 12 janvier

Pourquoi la fenêtre était-elle grande ouverte ? Il voulut la refermer. Le radiateur chauffait beaucoup trop fort et il chercha en vain la manette pour le régler. Alors, il comprit et rouvrit la fenêtre.

Il avait faim. Comment vivre pendant cinq jours avec dix francs ? Il s'allongea à côté d'elle et éteignit la lampe de chevet.

*

Odile fouilla dans ses poches et rassembla trois billets de dix francs et deux francs quatre-vingt-cinq centimes.

Vers la fin de l'après-midi, Louis faisait le tour du pâté de maisons et achetait un litre de lait, du pain et des tranches de jambon. Il téléphona à l'hôtel Muguet, et on lui dit que Brossier ne reviendrait que la semaine suivante.

Pour ne pas trop souffrir de la faim, ils dormaient et restaient allongés le plus longtemps possible. Ils perdaient la notion du temps, et, si Brossier n'était pas revenu, ils n'auraient plus jamais quitté cette chambre, ni ce lit où ils écoutaient de la musique en se laissant dériver peu à peu. La dernière image du monde extérieur, c'étaient les flocons de neige qui tombaient toute la journée dans l'encadrement de la fenêtre.

Louis présenta Odile à Brossier, qui les attendait à une table du *Royal Champerret.*

— Qu'est-ce que vous faites dans la vie ? demanda Brossier.

— Je prépare un disque.

— Un disque ? Il doit y avoir beaucoup de concurrence en ce moment...

Il se tourna vers Louis :

— Lui, nous allons essayer de lui donner une bonne situation. J'espère qu'il se montrera à la hauteur...

Il avait pris un ton faussement paternel qui leur déplut à tous les deux et leurs regards se croisèrent. Louis eut la certitude qu'elle pensait la même chose que lui au sujet de Brossier. Celui-ci considéra Odile d'un œil qu'il voulait certainement charmeur.

— Moi aussi, quand j'étais tout jeune, je rêvais d'avoir une profession artistique...

Il souriait, au bord de la confidence.

— Figurez-vous que j'avais rencontré un homme qui m'avait encouragé là-dedans... Un homme remarquable... Il m'avait inscrit à un court d'art dramatique... Malheureusement, ça ne pouvait pas marcher.. Je ressemblais trop à un acteur qui s'appelait Roland Toutain...

Il reprit lentement souffle pour mieux faire sentir l'importance de ses paroles.

— Au fond, c'est la seule chose qui m'aurait vraiment intéressé... Alors... vous allez habiter tous les deux ensemble ? C'est là-bas ?...

Il désignait le grand bloc d'immeubles, de l'autre côté de la rue.

— Oui... Nous allons habiter ensemble, dit Louis.

— C'est beau à votre âge... On vit de l'air du temps, hein ?

Il ôta son chapeau tyrolien et le posa sur la table. Celui-ci était d'un vert plus foncé que les autres, presque bleu. Il en avait sans doute un assortiment.

— Moi aussi, à votre âge, je ne me faisais pas beaucoup de souci... Un jour, je vous raconterai...

Odile qui avait gardé jusque-là un visage impassible donnait des signes d'impatience. Peut-être Brossier s'en aperçut-il. Il leva brusquement la tête.

— Dites-moi, Louis... J'ai pris rendez-vous avec mon ami Bejardy... jeudi à trois heures... chez lui... Vous devriez vous raser, mon vieux... vous avez l'air d'un clochard...

*

L'appartement était situé quai Louis-Blériot, dans un groupe d'immeubles auquel on pouvait accéder aussi par l'avenue de Versailles. Quand ils arrivèrent au troisième étage, Louis remarqua, près de la sonnette, une petite plaque de marbre qui portait, gravées en caractères d'or, les lettres : R. de B.

— Ça veut dire quoi ? demanda-t-il à Brossier.

— Roland de Bejardy.

Brossier sonna. Un homme brun, de haute taille, la quarantaine, ouvrit.

— Roland, je te présente Louis Memling... Roland de Bejardy...

— Enchanté.

Il les guidait jusqu'au salon, une pièce vaste dont les fenêtres donnaient sur la Seine. Après leur avoir désigné un canapé de velours bleu pâle, il s'assit derrière un bureau de style Louis XV.

— Quel âge avez-vous ?

— Il a vingt ans, dit Brossier sans laisser à Louis le temps de répondre.

— C'est bien.

Bejardy l'enveloppait d'un regard protecteur. Aucun papier sur son bureau, rien qu'un téléphone. Mais des piles de dossiers étaient posées à même la moquette bleu ciel.

— Vous avez des diplômes ? demanda Bejardy.

— Non.

— Il vient de finir son service militaire, dit Brossier.

— De toute façon, les diplômes...

Et Bejardy balayait son bureau du revers de la main. Tel qu'il était, assis là, les traits de son visage énergiques et réguliers, les cheveux bruns ondulés, le buste très droit dans sa veste prince-de-galles, il avait l'allure d'un avocat important, et l'expression « ténor du Barreau » vint à l'esprit de Louis. Peut-être à cause de la majesté du meuble derrière lequel il se tenait et surtout de sa voix grave.

— Tu lui as déjà parlé du genre de travail que je pourrais lui confier ?

— Pas encore.

— Voilà, ce n'est pas très compliqué... Il s'agirait d'un poste de veilleur de nuit dans un garage... quand je dis « veilleur de nuit »... En fait ce serait un travail de... secrétariat... Il faudrait répondre au téléphone... ouvrir la porte aux clients...

— Qu'est-ce que vous en pensez, Louis ? demanda Brossier.

— Je suis d'accord.

— Eh bien, vous pouvez commencer le plus tôt possible, dit Bejardy.

Ainsi, il n'était pas un « ténor du Barreau » comme les apparences l'auraient laissé croire, et le terme « garage » dans sa bouche avait étonné Louis, à la manière d'une fausse note. Maintenant, il s'efforçait d'imaginer cet homme en directeur de garage.

— Vous commencez à... mille cinq cents francs par mois, dit Bejardy.

— Ça vous va, Louis ?

— Oui.

— Bien sûr, il y aura des primes, dit Bejardy.

Il se leva et les entraîna jusqu'à l'autre extrémité du salon. Brossier saisit Louis par le bras, et lui chuchota :

— Vous avez vu son bureau, Louis ? C'est du plus pur style Louis XV... Regardez les moulures de bronze... aux sabots, là en bas... en forme de feuilles d'acanthe...

Ils prirent place sur un autre canapé de velours bleu pâle. Le plateau d'apéritifs avait été disposé au milieu de la table basse, une table de laque noire, aux pieds courts et torsadés, chinoise peut-être.

— Whisky ? Porto ?

Bejardy leur tendait les verres. Louis jetait des regards autour de lui. À droite, une bibliothèque occupait le mur, et sur les rayons étaient rangés des livres aux reliures massives et flamboyantes, la plupart dans des emboîtages. En face, sur le marbre de la cheminée, la photo d'une belle jeune femme brune dans un cadre d'argent. La femme de Bejardy? Ce type était-il vraiment garagiste? Louis n'osait pas le lui demander.

Par la porte-fenêtre, il voyait les quais et le bâtiment blanc de l'usine Citroën, de l'autre côté de la Seine. Une grue soulevait des blocs de pierre. Pourquoi cet appartement trop cossu de Bejardy et, sur l'autre rive, ce paysage d'usines, de docks et d'entrepôts, dans un jour grisâtre? Non, ce n'était pas un hasard si Bejardy vivait ici, et le contraste entre les reliures, les moquettes trop lourdes du salon, et les petites maisons tristes de Javel habitait sûrement cet homme.

— Vous vous appelez bien Memling? demanda Bejardy.

— Oui...

— Vous avez un lien de parenté avec Memling, l'ancien coureur cycliste?... Celui qui était marié avec une danseuse du *Tabarin*?

Louis hésita un instant.

— Oui... Nous étions parents...

*

Curieux de l'endroit où avait travaillé sa mère, il chercha l'adresse du *Tabarin*, mais au numéro de la rue Victor-Massé, il se retrouva devant une façade aveugle. On avait dû transformer l'ancien music-hall en dancing ou en garage. C'était la même aventure que le soir où il descendait pour la première fois le boulevard de Grenelle et qu'il se préparait à contempler le Vel' d'Hiv', en souvenir de son père.

Ainsi, les deux endroits qui avaient été comme les centres de gravité de la vie de ses parents n'existaient plus. Une angoisse le cloua au sol. Des pans de murs s'écroulaient lentement sur sa mère et sur son père, et leur chute interminable soulevait des nuages de poussière qui l'étouffaient.

Cette nuit-là, il rêva que Paris était un creux noir qu'éclairaient seulement deux lueurs : le Vel' d'Hiv' et *Tabarin*. Des papillons affolés voletaient un instant autour de ces lumières avant de tomber dans le creux. Ils formaient peu à peu une couche épaisse dans laquelle Louis marchait en s'enfonçant jusqu'aux genoux. Et bientôt, papillon lui-même, il était aspiré par un siphon avec les autres.

*

À midi, des enfants jouaient dans la cour. Il entendait leurs cris à travers un demi-sommeil. Le plus souvent, Odile était déjà partie, car elle s'occupait de son disque. Il prenait un petit déjeuner en face, au *Royal Champerret* où Odile venait le retrouver. Plus tard, il l'accompagnait à ses rendez-vous. Elle s'était d'abord rendue à la maison de disques, derrière le Gaumont-Palace, pour rencontrer Dauvenne ou Wohlfsohn, comme Bellune le lui avait conseillé. Ce fut Wohlfsohn qui la reçut.

Il écouta le « souple » jusqu'au bout et lui dit, d'une voix très douce, que « cela n'entrait pas dans le cadre de leur production », mais qu'il lui donnerait une liste d'imprésarios, de directeurs de cabarets, de gens de la radio ou d'autres maisons de disques susceptibles de s'intéresser à « ce projet ». Il dressa la liste devant elle, consultant de temps en temps un annuaire pour vérifier une adresse ou un numéro de téléphone. Puis il plia la feuille et la mit dans une enveloppe.

— Tenez... je vous donne aussi ma carte de visite... Vous direz que vous venez de ma part...

Il se leva et la guida jusqu'à la porte du bureau. Il lui serra la main. D'une voix émue :

— Vous connaissiez bien Georges Bellune ?
— Oui.
— C'est vraiment dommage... Un tel chic type...

Il restait debout devant elle.

— Moi, je l'avais connu à Vienne... avant le déluge...

Elle ne comprenait pas ce qu'il voulait dire. Avant le déluge ?

— Je vous souhaite bonne chance...

Il passa la tête dans l'embrasure de la porte et répéta :

— Bonne chance...

*

Parfois, ils attendaient tous les deux sur les sièges d'un hall de réception qu'on la reçût. En général, l'entrevue ne durait pas longtemps et elle le rejoignait, l'air découragé, ses « souples » à la main.

Dans les locaux où il restait seul tandis qu'elle présentait ses chansons, il feuilletait les revues, empilées sur des tables basses comme dans le salon d'un dentiste. Les nouveaux disques et les succès du jour y étaient répertoriés, avec tous ces noms dont la plupart disparaîtraient la saison prochaine. Des gens affairés ouvraient des portes qui laissaient passer des bouffées de musique.

Un soir qu'il attendait, debout, au milieu d'un corridor, qu'elle ait fini de faire écouter son disque, la voix d'Odile lui parvenait, étouffée par le cliquetis des machines à écrire, le bourdonnement des conversations, les sonneries de téléphone, et il se demanda si tout cela servait à quelque chose.

*

Ils étaient assis depuis longtemps dans un grand vestibule et, par l'entrebâillement des portes, on apercevait des bureaux déserts que leurs occupants venaient sans doute de quitter en y laissant un air vicié et une odeur de tabac. L'horloge, fixée au mur devant eux, marquait huit heures.

— Je t'attends dehors, lui dit Louis. Je serai dans le café, en face.

Huit heures dix. Elle ne pouvait détacher ses yeux de la pendule dont l'acier et le verre l'éblouissaient. Le silence était si profond dans cette pièce qu'elle entendait le léger grésillement du néon. Elle se leva et marcha jusqu'à l'une des fenêtres. La nuit. En bas, le flot des voitures coulait le long de l'avenue de la Grande-Armée et les doubles vitres étouffaient le bruit des moteurs. De l'autre côté de l'avenue, le café, où Louis lui avait donné rendez-vous. Est-ce qu'elle aurait encore la force d'aller le rejoindre ? Il pleuvait.

— M. Vietti vous attend.

Elle suivait la secrétaire le long d'un couloir aux murs blancs, éclairé violemment par des tubes de néon, comme le vestibule d'attente. La secrétaire poussa une porte capitonnée de cuir et lui laissa le passage.

Deux hommes, de chaque côté d'un bureau de bois en forme d'arc de cercle. L'un d'eux se leva. Teint bronzé. Veste de daim à franges. Il se dirigea vers la porte. Odile, qui l'avait reconnu, le salua avec timidité. Il lui répondit d'un sourire...

— Au revoir, Frank, dit celui qui était resté derrière le bureau.

— Au revoir...

Quand il eut quitté la pièce, l'autre fit signe à Odile de s'approcher.

— Bonjour...

— Bonjour, dit Odile, un peu émue.

— Oui... c'était Frank Alamo, dit-il comme s'il répondait par avance à une question. J'aime beaucoup ce qu'il fait... Surtout *Allô Mademoiselle*...

Les cheveux bruns, assez jeune, bronzé comme Frank Alamo, auquel il ressemblait un peu, et vêtu d'un complet bleu marine à rayures, il portait même une épingle de cravate. Sur le bureau que recouvrait une plaque de verre, de nombreux dossiers et deux téléphones.

— C'est Wohlfsohn qui vous envoie ?

Sa voix douce la surprit. D'habitude, les gens qui occupaient des bureaux comme le sien parlaient d'une manière péremptoire.

— Vous voulez me faire entendre vos chansons ? Eh bien, je les écouterai avec plaisir...

Il chuchotait presque. Elle sortit de son sac l'un des souples.

— Vous les avez déjà enregistrées ?

— Oui. C'est quelqu'un... Georges.. Georges Bellune qui me les avait fait enregistrer...
— Bellune ?... Celui qui...
La sonnerie du téléphone l'interrompit.
— Non... Vous ne me passez aucune communication...
Il raccrocha.
— C'est triste, cette histoire de Bellune. Je crois qu'il avait travaillé ici pendant un certain temps. Vous l'avez bien connu ?
— Oui.
Il avait pris le souple et le posait sur un tourne-disque, près du bureau. Puis il l'entraîna vers un grand canapé gris.
— Nous serons mieux là... pour entendre...
Avant de s'asseoir à côté d'elle, il alla fermer le verrou de la porte capitonnée de cuir.
Ce disque était passé tant de fois que les chansons lui semblaient de plus en plus mauvaises et sa voix presque inaudible. D'ailleurs, Bellune lui avait dit que les souples s'usent vite si on les passe trop souvent sur un tourne-disque. Comme la vie, avait-il ajouté.
Elle appréhendait le moment où le disque s'arrêterait. Il faudrait qu'elle se lève et prenne congé, comme d'habitude. Elle aussi avait l'impression d'être usée. Elle se laissait envahir par le silence et le confort de ce bureau aux teintes douces : moquette grise, bois clairs, rideaux de gaze le long de la baie vitrée, abat-jour bleu de la lampe.
— Elles sont très bien, vos chansons... Très bien... Evidemment il sera un peu difficile de faire un disque tout de suite...
Il avait posé sa main sur son épaule et elle ne

bougeait pas. Des doigts fins, aux ongles certainement manucurés.

— Mais vous pourriez les chanter dans un cabaret... Après on verra... Je vais m'en occuper demain... C'est promis... Dès demain...

Il déboutonnait son corsage et elle n'opposait aucune résistance. Maintenant, elle était allongée sur le ventre, il faisait glisser sa jupe et son slip et lui caressait les fesses. Elle éprouvait du dégoût en se rappelant ses doigts trop soignés. Elle regardait devant elle, le menton contre le bord du canapé. Les lumières de l'avenue se brouillaient à travers le rideau de gaze comme le contour des meubles et des objets. Dehors, il pleuvait. Là, au moins, elle était à l'abri. Il suffisait de ne pas bouger et, selon l'une des expressions de Bellune qu'elle aimait bien, de se fondre dans le décor.

Si ce type pouvait l'aider... Il sentait une eau de toilette dont l'odeur lui resta dans la mémoire et plus tard, quand elle pensait à cette époque, l'odeur lui revenait avec le souvenir des attentes dans les maisons de disques, des métros aux heures de pointe, du hall de la gare Saint-Lazare, de la pluie et du radiateur de sa chambre qui chauffait trop fort parce que la manette de réglage en était brisée.

*

La rue du garage, bordée d'arbres, s'ouvrait devant Louis comme une allée qui mènerait à un château ou à la lisière d'une forêt. Selon Bejardy, on ignorait si cette rue faisait partie du dix-septième arrondissement, de Neuilly ou de Levallois, et lui, Bejardy, aimait une telle imprécision.

Louis dînait en compagnie d'Odile dans un restaurant de la porte de Villiers. Son enseigne était : *À la Martinique.* Aux murs, sur des carreaux de faïence, brillait un paysage de palmiers, de sable et de mer couleur d'émeraude. Vers neuf heures, il se rendait sur le lieu de son travail.

Ce n'était pas vraiment un garage mais un hangar au flanc duquel s'élevait une construction de teinte ocre, dont la pièce de rez-de-chaussée communiquait avec le hangar par une porte de fer. Un escalier en ciment donnait accès à la chambre du premier étage, étroite mais très profonde. Contre les murs, plusieurs armoires vitrées renfermaient des dossiers. Un bureau ministériel trônait au milieu. Louis, en explorant ses tiroirs, vides pour la plupart, avait découvert quelques feuilles de papier à lettres à l'en-tête de la Société parisienne de transports automobiles, 9 *bis* rue Delaizement, et une vieille carte de visite au nom de Roland de Bejardy, 3 avenue Alphand, Paris 16e, Klé-08-63. Deux fauteuils de cuir. Un divan. Et le téléphone sur le bureau, un téléphone noir, de l'ancien modèle, au socle rond.

En quoi consistait donc son travail ? À ouvrir les portes du hangar chaque fois qu'il entendait la sonnerie. Cela ne nécessitait pas un grand effort physique puisqu'elles coulissaient facilement. On sortait l'une des voitures du hangar ou bien on en ramenait une autre. Certaines nuits, personne ne se présentait. D'autres fois, il notait beaucoup d'allées et venues. Toujours les mêmes têtes. Un brun à moustaches. Deux blonds, dont l'un était frisé et avait un visage poupin. Un homme, plus âgé que les autres, à la coupe en brosse et aux lunettes cerclées de métal. D'autres encore auxquels Louis ne prêtait plus attention. Il refermait les portes après leur passage. Dans le bureau, il répondait au téléphone et des voix — peut-être celles des hommes qui sonnaient la nuit — lui indiquaient quel jour et à quelle heure il leur faudrait telle voiture, et Louis consignait ces indications sur un agenda qu'il montrait à Bejardy.

Au début, très intrigué, il lui posa quelques questions. Bejardy lui expliqua qu'il s'agissait d'une entreprise de location de « voitures de maître » dont ses autres « activités » ne lui laissaient pas le temps de s'occuper. Louis avait remarqué qu'aux grosses automobiles américaines, s'ajoutaient régulièrement des Mercedes de toutes sortes : à peine les garait-on dans le hangar que d'autres personnes venaient les y chercher.

Mais avec la routine, on finit par ne plus se poser de questions. C'était un travail de veilleur de nuit et il fallait s'occuper jusqu'au matin. Bejardy lui avait montré, dans l'une des armoires, de grands volumes reliés de cuir rouge : la collection d'une revue sportive. Et Louis, en les feuilletant, avait découvert des photos de son père qui disputait les Six-Jours ou des courses de vitesse. Bejardy lui avait permis de découper les photos. Alors Louis avait acheté un album pour coller ces souvenirs, et aussi, par ordre chronologique, le moindre article concernant son père et jusqu'aux listes de coureurs où son nom figurait.

Odile passait la nuit sur le divan avec lui, et il leur était souvent arrivé de ne pas répondre aux sonneries du téléphone. Elle lui apportait quelque chose à manger, des sandwiches ou des tablettes de chocolat. Ils faisaient des plans pour l'avenir. Si elle réussissait enfin à enregistrer son disque ou si elle était engagée dans un cabaret, alors, il n'aurait plus besoin de travailler ici. Mais pour le moment, son salaire de veilleur de nuit était leur seule source de revenus.

Quand il était seul, il découpait les photos et les articles, les collait sur l'album et inscrivait les dates au stylo bille rouge. Il évitait de feuilleter les journaux de l'année au cours de laquelle son père et sa mère s'étaient tués dans un accident d'automobile, mais il avait tout de suite voulu consulter le numéro qui parut la semaine de sa naissance. Ce soir-là, au Vel' d'Hiv', après un coup de klaxon enroué, le speaker annonça que l'un des coureurs, Memling, venait d'avoir un fils et qu'on offrait au nom du nouveau-né une prime de trente mille francs.

*

On lui laissait à peine le temps de chanter entre un numéro de Caucasiens lanceurs de poignards et un fantaisiste imitant les sifflements de tous les oiseaux. Vietti — l'homme aux ongles manucurés — était là le premier soir. Il avait parlé d'elle au directeur de ce restaurant-cabaret d'Auteuil, puis l'avait ramenée porte Champerret vers une heure du matin en lui déclarant qu'il lui ferait bientôt enregistrer un disque, mais qu'il était nécessaire qu'elle se « rodât » un peu.

Sur scène, elle portait une jupe très large de satin et un boléro incrusté de jais, costume que lui avait prêté la direction.

Brossier avait parlé d'Odile à Bejardy, puisque celui-ci, un matin, au garage, interrogea Louis au sujet de sa « fiancée ». Et quand il sut qu'Odile chantait dans un cabaret, il parut amusé et décida qu'il fallait absolument aller l'écouter. Il retint une table de trois couverts pour lui, Brossier et Louis.

Bejardy avait connu cet établissement jadis. Selon lui, le décor n'avait pas changé. C'étaient les mêmes tentures de velours sombre et, sur chacun des murs, les mêmes tableaux dans le goût du XVIIIe siècle : portraits ou scènes galantes.

— Tu m'as emmené ici, un soir, avec Hélène et ta maman..., lui dit Brossier.

— Tu crois ? Nous fréquentions plutôt cette boîte du temps de l'avenue Alphand...

— Mais non... c'était avec Hélène et ta maman... Je ne devais pas être beaucoup plus âgé que vous, Louis...

Louis ne les écoutait pas. Il guettait avec anxiété l'apparition d'Odile. Jusque-là, elle avait refusé qu'il vînt, de peur que sa présence lui donnât le trac. Mais Louis lui avait expliqué que ce soir il ne pouvait pas faire autrement que d'accompagner ceux qu'il appelait ses « patrons ».

— Ce n'est plus la même clientèle, constata Bejardy en promenant autour de lui un regard froid.

Il consultait la carte. Blinis et caviar. Du Krug. Quelques pirojki en attendant. Il ne demandait l'avis ni de Brossier ni de Louis. Les cheveux noirs ondulés, le front haut, le buste droit, il émanait de lui une paisible autorité.

— Non... plus du tout la même clientèle...

À la table la plus proche de la leur, des Indonésiens, avant de commencer à dîner, hochaient cérémonieusement leurs têtes.

— Est-ce qu'au moins on la paie bien dans cette boîte, votre fiancée ? demanda Bejardy.

— Je crois.

Louis, incapable d'avaler la moindre bouchée, vidait nerveusement une coupe de champagne.

— Allons... il faut manger, dit Bejardy en lui servant un blini.

— Louis est inquiet pour sa fiancée, dit Brossier.

— Voyons, voyons... je suis sûr qu'elle est épatante...

Les danseurs du Caucase saluaient au son d'une musique saccadée et la lumière baissait. Il ne restait plus qu'un faisceau bleu pâle qui éclairait le milieu de la scène. Silence. Un violon. Elle apparut dans le faisceau bleu pâle, un peu raide à cause du boléro et de la longue robe de satin.

— Votre fiancée? demanda Bejardy.

— Oui, oui...

Elle chantait. Louis savait la chanson par cœur et craignait qu'elle oubliât une parole ou qu'elle s'interrompît brusquement. Il enfonçait ses ongles dans les paumes de ses mains et fermait les yeux. Mais la voix restait pure, Odile ne paraissait pas souffrir du trac et sa raideur avait du charme, surtout à la fin, quand elle interpréta un vieux succès, *La Chanson des rues* :

> *On y parle de tristesse,*
> *De rêves et d'amours déçues,*
> *Et du regret que vous laissent*
> *Les années qui ne sont plus...*

Elle salua d'une timide inclination du buste. Les quelques applaudissements mous des Indonésiens étaient étouffés par les « Bravo! Bravo! » de Bejardy.

Brossier agita le bras et lui fit signe de venir s'asseoir à leur table. Elle prit place à côté de Louis.

— Je te présente monsieur de Bejardy, lui dit Louis. Tu connais déjà Jean-Claude Brossier...

Bejardy haussa les épaules.

— Appelez-moi Roland tout court...

Il se pencha et baisa la main d'Odile sans qu'on pût déterminer s'il y mettait de l'ironie.

— J'ai beaucoup aimé... Surtout *La Chanson des rues*...

L'imitateur arrivait sur scène. On entendait des sifflements divers, des trilles, des roucoulements et cela provoquait l'hilarité des Indonésiens. Eux, si impassibles jusque-là, ne parvenaient plus à maîtriser leur fou rire. Ils le communiquaient à Brossier.

— Excusez-moi...

— J'ai beaucoup aimé, répétait Bejardy, et je suis sûr que vous allez faire une très belle carrière...

— Moi aussi... Moi aussi, disait Brossier en riant aux larmes.

Les sifflements devenaient de plus en plus aigus et frénétiques. Louis riait à son tour. Et Odile aussi, d'un rire nerveux. Alors, l'imitateur tomba à la renverse comme s'il était atteint d'une balle en plein front et, allongé sur le sol, les bras en croix, poussa un ululement interminable. Il se releva d'un coup de reins et s'éclipsa.

— Vous devriez boire un peu de champagne, proposa Bejardy à Odile. Et nous chanter encore une fois *La Chanson des rues*...

Elle buvait dans le verre de Louis. Bejardy commanda une autre bouteille.

— Est-ce que vous allez passer longtemps dans cette boîte ?

— Non, pas très longtemps, répondit timidement Odile.

— Elle va enregistrer un disque, dit Louis. Elle est ici pour roder ses chansons.

Odile lui lança un regard interrogateur. Jusqu'à quand faudrait-il rester avec Brossier et Bejardy ? Louis lui répondit d'un clin d'œil. Elle souriait.

— Je connaissais le patron de cette boîte, mais ça ne doit plus être le même, dit Bejardy. Tu sais, Jean-Claude... un type qui était toujours en culotte de cheval...

— Celui de maintenant ne porte pas de culotte de cheval, dit Odile.

Louis versa à Odile un autre verre de champagne et, comme il savait qu'elle n'avait pas dîné :

— Tu devrais manger quelque chose... tu dois avoir faim.

— Mais bien sûr, dit Bejardy. Vous prendrez bien quelques blinis...

Il appelait le maître d'hôtel.

— Mais d'abord, nous allons boire à votre santé, dit Brossier à Odile.

— À la santé d'une chanteuse de grand talent, dit Bejardy.

Ils levèrent tous deux leurs coupes Odile les considérait, mi-curieuse, mi-amusée, comme elle aurait observé les ébats de deux animaux exotiques dans un zoo. Elle fit du pied à Louis.

— C'est vrai, Jean-Claude, maintenant je m'en souviens, dit brusquement Bejardy. Nous venions ici avec Hélène et maman...

*

Vers deux heures du matin Bejardy les invita chez lui pour y boire un dernier verre. On commanda un taxi. Pendant le trajet, Odile s'endormit, le front appuyé contre l'épaule de Louis.

Dans le salon où Louis avait été reçu la première fois, Bejardy alluma toutes les lumières, et celle du lustre, trop vive, les éblouit. Bejardy roula vers eux un chariot d'apéritifs. Louis et Odile refusèrent poliment le moindre alcool. Brossier et Bejardy se servirent un peu de chartreuse.

— C'est vraiment très agréable, dit Brossier après en avoir bu une gorgée. On a l'impression qu'on plonge dans du vert... Vous devriez plonger vous aussi, Louis...

— Un vrai poète, non ? dit Bejardy en se tournant vers Louis et Odile. Vous m'avez l'air bien fatigués tous les deux... Vous pouvez dormir là... j'ai une chambre d'amis... Si... Si... Ça me fait plaisir... C'est jour de congé aujourd'hui.

Il se leva.

— Venez... je vous y conduis... Nous, nous allons en profiter pour travailler un peu... J'ai ramené les dossiers...

— Avec plaisir, Roland, dit Brossier.

Ils avaient l'œil vif, l'air frais et dispos de gens qui viennent de passer une bonne nuit de sommeil, et cela étonnait Louis.

La chambre était contiguë au salon. Ses murs bleu pâle, sa moquette épaisse, le couvre-lit de fourrure et la lumière voilée de la lampe de chevet répandaient une douceur qui incitait au sommeil.

— La salle de bains...

Bejardy ouvrit une porte et alluma, découvrant une salle de bains au sol et aux murs de mosaïques bleues.

— Bonne nuit... Pour une fois, mon cher Louis, que vous pouvez dormir la nuit... Et demain, rendez-vous à une heure tapante chez *Pointaire*...

C'était un restaurant proche du garage, où Bejardy déjeunait souvent.

Quand il eut quitté la chambre, ils s'allongèrent sur la fourrure du lit, et comme elle ne se sentait pas la force de se déshabiller, Louis lui ôta ses chaussures, puis tout le reste. Devant eux, une grande glace en pied les reflétait.

— Tes amis vont encore travailler? demanda Odile.

— Oui.

— À quoi?

— Je ne sais pas très bien, dit Louis.

Ils entendaient Brossier et Bejardy parler dans le salon. Plus tard, Louis se réveilla, il les entendait toujours parler. D'autres voix s'étaient jointes aux leurs et il se laissait bercer par ce murmure de conversation qui ne s'interrompait jamais.

Odile dormait. Par la fenêtre dont ils n'avaient pas tiré les rideaux, il voyait la Seine et, sur le quai d'en face, le bâtiment clair des usines Citroën.

*

Bejardy lui laissait quartier libre le samedi et le dimanche. Brossier aussi avait congé ces jours-là et il proposa à Louis de passer ensemble leurs « moments de détente ». Il voulait leur présenter sa fiancée, à lui et à Odile. En devenant son intime, Louis apprendrait sans doute par Brossier quelles raisons avaient incité Bejardy à lui confier un emploi, et qui était au juste ce Roland de Bejardy.

Il avait touché la veille son salaire et réussi à persuader Odile de l'accompagner. Elle devait être vers dix heures au restaurant-cabaret d'Auteuil et ni elle ni Louis ne comprenaient pourquoi Brossier leur avait donné rendez-vous au début de l'après-midi à la station de métro Cité universitaire.

Mille cinq cents francs gonflaient la poche intérieure de la veste de Louis, et Odile recevrait son cachet à la fin de la soirée. Ils étaient riches, et c'était la première journée ensoleillée de l'hiver. Dans le train de la ligne de Sceaux, ils avaient l'impression de partir en voyage.

Brossier les attendait sur le quai de la station Cité universitaire, comme s'ils arrivaient dans un lieu de vacances et que lui, leur ami, fût venu les chercher à la gare. D'ailleurs, s'approchant d'eux, il leur dit : « Vous n'avez pas de bagages ? » sur un ton qui rendit Louis perplexe, au point qu'il se demanda s'ils étaient encore à Paris ou au bord de la mer.

Les vêtements eux-mêmes de Brossier le décontenançaient. Plus de chapeau tyrolien à plume rousse, ni de complet terne et fripé de voyageur de commerce, ni de chaussures et de chaussettes noires. Non. Mais une chemise à motifs imprimés sous un chandail blanc, un pantalon de toile et des chaussures de basket-ball composaient un camaïeu dont Brossier semblait fier. Et il n'était pas rasé. Ni coiffé. Louis et Odile admiraient cet homme nouveau. Il les entraîna vers l'escalier de la gare.

— Par là, mes amis...

Ils traversèrent le boulevard et, guidés par Brossier, pénétrèrent dans la Cité universitaire.

— Voilà où je passe mes week-ends, dit Brossier en souriant. Venez... C'est par là...

Ils prirent, à gauche, un chemin bordé de pelouses, franchirent le seuil d'un bâtiment massif, suivirent un couloir où ils croisaient des groupes d'étudiants.

— Ma fiancée nous attend à la cafétéria... Par ici...

La cafétéria était déserte en ce début d'après-midi. Une très belle Noire aux traits réguliers d'Éthiopienne se tenait assise à une table tout au fond, et Brossier s'avança vers elle.

— Je vous présente Jacqueline, ma fiancée... Odile... Louis... Jacqueline Boivin...

Elle se leva et leur serra la main. Elle paraissait un peu intimidée, environ vingt ans, et portait une jupe grise plissée et un twin-set beige. Ces vêtements stricts contrastaient avec la tenue sportive de Brossier. Celui-ci les invita à s'asseoir à la table.

— Je vous conseille les pans-bagnats... Ils sont excellents ici... N'est-ce pas, Jacqueline?

Elle approuva d'un hochement de tête presque imperceptible.

Louis et Odile gardaient le silence tandis que Brossier marchait vers le bar. Ils souriaient tous deux à sa fiancée sans oser lui parler et quand Louis lui tendit un paquet de cigarettes elle refusa d'un geste furtif. Brossier les rejoignit, tenant une assiette sur laquelle étaient empilés les pans-bagnats qu'il distribua à chacun d'eux. Après avoir avalé une bouchée du sien :

— Succulent, non ? Peut-être voulez-vous un peu de harissa pour corser ? Moi, je préfère sans...

Et il mordait le pain à belles dents.

— Alors, vous passez tous vos week-ends ici ? demanda Louis.

— Oui... Jacqueline est étudiante et habite la Cité universitaire... Et moi...

Il fouilla dans la poche de sa veste et en sortit une carte qu'il tendit à Louis.

— Voilà... J'ai réussi à me faire imprimer une carte d'étudiant... C'était nécessaire pour manger au restaurant de la Cité... et pour me sentir ici comme chez moi...

Louis jeta un œil sur la carte. Elle était bien au nom de Brossier, avec sa photo, et indiquait son appartement à la faculté des lettres. Odile, à son tour, examina ce document.

— Et vous restez dormir ici ? demanda-t-elle brutalement.

— Tous les week-ends.

Il était réjoui d'avoir fait cette révélation et entourait du bras les épaules de sa fiancée.

Odile lui rendit sa carte d'étudiant que Brossier consulta à son tour. Il la manipulait avec précaution bien qu'elle fût recouverte d'un étui de plastique.

— Je me suis un peu rajeuni... oh... de dix ans à peine...

— Et quels examens allez-vous passer cette année ? demanda Odile.

— Le certificat d'études littéraires générales... Comment l'appelle-t-on exactement, Jacqueline ?

— Propédeutique, dit Jacqueline d'une voix étouffée.

Il serrait de plus près sa fiancée qui appuya la tête contre son épaule.

— Et comment avez-vous pu obtenir cette carte ? demanda Louis.

— Par une relation de Bejardy... Un Polonais qui faisait de faux papiers pendant la guerre...

Cela dit à contrecœur, comme s'il dévoilait une tare et qu'il regrettait de n'être pas un vrai étudiant.

— Jacqueline, elle, est une mathématicienne, figurez-vous... Elle suit des cours à la faculté des sciences...

— Où l'avez-vous connu ? demanda Odile à Jacqueline.

— Ici, à la cafétéria...

Elle avait répondu d'une voix douce et lente.

— Je le voyais toujours seul à la cafétéria... Il avait l'air de s'ennuyer... Alors nous nous sommes parlés...

— Oui... je venais depuis longtemps ici, dit Brossier. Surtout quand j'avais le cafard... J'ai toujours aimé la Cité universitaire... C'est un monde à part... Je traînais dans le hall de tous les pavillons... Dans la salle de télévision... Vous comprendrez... Il y a un charme ici...

À mesure qu'il parlait, Louis le découvrait sous un autre jour. Comment aurait-il pu imaginer que cet homme aux plaisanteries et au bagou de camelot et dont il disait à Odile qu'il était « trafiquant de pneus » errait, à ses heures de loisirs, au bras d'une Éthiopienne, sous les ombrages de la Cité universitaire, une fausse carte d'étudiant dans sa poche ?

— Bejardy est au courant ? demanda Louis.

— Non, pas encore, mais je compte lui en parler... Vous savez, Roland ne s'étonne de rien... Un soir, nous l'inviterons ici... Il faudra bien que je lui présente Jacqueline...

Ils quittèrent la cafétéria. Brossier voulait leur faire visiter la Cité universitaire et leur énumérait le nom des divers pavillons, comme les provinces de son royaume.

— Nous étions tout à l'heure dans le pavillon des Provinces françaises... Le plus important... Moi, j'ai un faible pour le pavillon d'Angleterre, devant vous... Il me rappelle un hôtel d'Aix-les-Bains... Avant de connaître Jacqueline, je venais souvent le soir lire un journal au pavillon d'Angleterre...

Brossier avait pris Jacqueline par la main et se montrait de plus en plus disert, tandis qu'ils poursuivaient leur visite. Il expliquait à Odile et à Louis qu'en été, on restait tard sur la grande pelouse, à écouter des voix et des rires dans la nuit. Au mois de juin, il y avait la fête de la Cité. Un bal dans le hall du pavillon des Provinces françaises.

— Vous verrez comme on est heureux ici, à partir du printemps...

Il leur désigna un pavillon à la façade de verre et de métal.

— Le pavillon cubain... Les Cubains sont des garçons merveilleux... Ils introduisent beaucoup de gaieté et d'animation dans la Cité... Dites-moi, vous n'avez pas envie d'être étudiants, tous les deux?

— Étudiants comme vous? dit Odile en éclatant de rire.

Étudiants. Voilà qui n'était jamais venu à l'esprit de Louis ni d'Odile. Comment auraient-ils pu être étudiants?

— Je vous procurerai des cartes, si vous voulez...

— Vous tiendrez votre promesse, j'espère ? demanda Odile. Moi, je veux être étudiante...

Pour elle et pour Louis, ces trois syllabes avaient une consonance mystérieuse et ceux qui étaient « étudiants » leur semblaient aussi incompréhensibles, aussi lointains, que les membres d'une tribu d'Amazonie.

— Et il n'y a que des étudiants, ici ? demanda Odile.

— Oui.

Un groupe de garçons et de filles se dispersait sur la pelouse et quelques-uns d'entre eux improvisaient une partie de volley-ball sans filet. Ils s'interpellaient dans une langue inconnue de Louis.

— Des Yougoslaves, constata Brossier.

Il leur montra sur le boulevard le grand café *Babel*, qui était, selon lui, une annexe de la Cité. Oui il faisait bon, les soirs de juin, d'y prendre un verre en écoutant bruisser les feuillages des arbres. Puis ils se promenèrent dans le parc Montsouris.

— Vous voyez ce bâtiment, là-bas, sur la pelouse ? dit Brossier, c'est la réplique exacte du palais du bey de Tunis...

Ils s'assirent à la terrasse du Chalet du Lac.

— Voilà... dit Brossier... Vous connaissez à peu près tout de notre royaume...

Et il révéla à Odile et à Louis que, s'il en avait la possibilité, c'était là qu'il vivrait sans jamais éprouver le moindre désir de sortir de ce périmètre magique. Jacqueline, sa fiancée, en dehors de la Cité universitaire et de la faculté de sciences, ignorait tout de Paris.

Et c'était beaucoup mieux ainsi.

— N'est-ce pas, Jacqueline ?

Elle se taisait, se contentant de sourire ou de boire une gorgée de grenadine.

Ils dînèrent très tôt, au réfectoire de la Cité. Ses dimensions et ses boiseries évoquaient pour Brossier la salle de réception d'un manoir anglais. La prochaine fois, ils dîneraient dans l'autre réfectoire, beaucoup plus moderne, avec des baies vitrées et des arbres tout autour, si bien qu'on avait le sentiment d'être noyé sous la verdure.

— Et maintenant, dit Brossier, nous allons vous emmener chez nous.

Ils suivirent une allée de graviers, jusqu'à la lisière d'un village. De petites maisons aux allures de bungalows, de chaumières ou de cottages, étaient éparpillées le long des pelouses, parmi les massifs et les bouquets d'arbres.

— L'endroit le plus agréable de la Cité, dit Brossier... Le quartier Deutsch de la Meurthe...

Ils étaient arrivés devant l'une des maisons, de style anglo-normand, avec un toit à pans coupés. Sur son flanc, montait un escalier à la rampe de bois vert. Brossier leur laissa le passage.

— Tout en haut...

La chambre était spacieuse et possédait même un balcon. Près du lit le mur était couvert de photos de Jacqueline. Pas un meuble, sauf une chaise cannée.

— Asseyez-vous sur le lit, dit Brossier.

Jacqueline s'était retirée dans un cabinet de toilette contigu, et, quand elle réapparut, elle n'était enveloppée que d'un peignoir de bain rouge.

— Excusez-moi, dit-elle. Je me sens mieux comme ça...

Et d'une démarche souple, elle vint s'asseoir avec eux sur le lit.

Brossier leur tendit des gobelets et leur versa à chacun un peu de whisky. Jacqueline mit un disque sur l'électrophone. Une chanson jamaïcaine. Ils ne parlaient pas. Brossier leur versa de nouveau du whisky. Il avait ôté son chandail et Louis contemplait les dessins de sa chemise : sur un ciel rose, se découpaient la voile d'une jonque et à l'horizon, au sommet d'une montagne escarpée, une pagode chinoise.

— Tout à l'heure, dit Brossier, Odile pourrait nous chanter *La Chanson des rues.*

— Si vous voulez...

Louis se laissait envahir par une langueur qu'éprouvaient visiblement Odile, Jacqueline et Brossier. Odile lui entourait la taille et avait posé le menton au creux de son épaule. Elle écoutait la musique, les yeux clos. Brossier caressait l'épaule de Jacqueline qui s'était allongée, ses seins apparaissant dans l'échancrure du peignoir.

Il était dommage de ne pas s'abandonner à ce bien-être et à cette indolence. Dix heures. Odile risquait d'arriver trop tard à son travail.

Ils quittèrent à regret la chambre. On se promit de passer le prochain week-end ensemble, à la Cité. Pourquoi Odile et Louis ne reviendraient-ils pas demain dimanche ?

Dehors, ils levèrent la tête. Jacqueline et Brossier, penchés au balcon, leur souriaient. Le silence, autour d'eux. Une odeur de mousse. Ils se guidaient aux lumières des autres pavillons. Comment rejoindre le boulevard Jourdan et la gare ? Paris semblait si lointain, au cœur de ce village... **Dans la demi-obscurité, Louis aurait juré qu'ils traversaient la clairière d'une forêt.**

*

Elle se démaquillait dans son cagibi quand Vietti vint la rejoindre, accompagné par le directeur du restaurant. Tous deux s'assirent en l'attendant sur le canapé de cette grande pièce autour de laquelle étaient disposées les loges.

— Voilà... ton engagement va prendre fin, dit Vietti.

— Quand ?

— Ce soir.

Elle eut la force de leur lancer un sourire.

— Oui... c'est exact, dit le directeur du restaurant. Je suis obligé de me séparer de vous...

Le sourire d'Odile s'éteignit.

— Je n'ai rien à vous reprocher... Mais je dois raccourcir le spectacle...

— Ce n'est pas grave, dit Vietti.

— Mais non... Je suis sûr que vous trouverez très vite un nouvel engagement...

Ils ne semblaient, ni l'un ni l'autre, y croire beaucoup.

— En tout cas, dit le directeur du restaurant, vous avez été très bien... Vous m'avez donné entière satisfaction... Seulement, je suis obligé de changer la formule du spectacle... vous comprenez ?

Quand elle sentit la montée des larmes, elle entra dans le cagibi, dont elle referma la porte. Ils continuaient de parler entre eux. Elle n'avait pas allumé l'ampoule et appuyait son front contre la porte. Elle entendit le rire grêle du directeur. Elle restait là, dans le noir.

— Alors, qu'est-ce que tu fais ? demanda Vietti.
— Vous ne voulez pas que nous prenions un verre ensemble ? proposa le directeur du restaurant.

Elle ne répondit pas. Quelqu'un tournait la poignée, pour ouvrir, mais elle avait déjà tiré le loquet.

— Tenez... Je vous devais encore ça... le reste de votre cachet...

Le bruit d'une enveloppe, glissant dans l'interstice de la porte.

*

Vietti, avant de démarrer, alluma la radio. Une musique de jazz, qu'il mit en sourdine.

— Alors, tu voulais rester enfermée dans ce cagibi toute la nuit ?... Idiote...

Il haussait les épaules.

— Je dois passer au bureau... J'ai oublié quelque chose... Tu m'accompagnes ?

Elle ne répondit pas. Elle laissait sa main dans sa poche et pressait l'enveloppe entre ses doigts. Elle n'osait pas l'ouvrir devant Vietti. Elle ne chanterait plus du tout et il ne restait, de ce rêve qu'elle avait poursuivi si longtemps, qu'une enveloppe où l'on avait glissé « le reste de votre cachet », comme disait le directeur du restaurant.

— On boude ?

Il avait pris un ton légèrement exaspéré et appuyait sur l'accélérateur. Il était près d'une heure du matin et il roulait de plus en plus vite le long du boulevard Suchet, puis du boulevard Lannes, déserts.

— Tu n'es pas rassurée, hein ?

Il pouvait encore rouler plus vite, s'il le voulait, cela ne la troublait en aucune façon.

— Vous devriez brûler les feux rouges...
— Tu dis des bêtises...

Et il entrait en trombe sous le tunnel de la porte Maillot. Il ne cessait de s'émerveiller de sa voiture de sport de marque italienne. Il lui avait même dit, un soir, qu'ils n'étaient que quatre, à Paris, à posséder une voiture de ce genre, carrossée par Allemano.

Son odeur d'eau de toilette l'écœurait encore plus que d'habitude, mais cela aussi n'avait aucune importance. Elle éprouvait, au contraire, un certain plaisir à observer tous les détails de sa personne qui lui répugnaient. Le bronzage qui paraissait artificiel bien qu'il revînt des sports d'hiver et le grand soin de sa tenue vestimentaire : l'épingle de cravate et le gilet, le gilet avec la montre à gousset qu'il consultait sans cesse. Et la voix au timbre gras et enroué.

— Alors, on continue de bouder ? Je n'aime pas les filles qui boudent, tu sais...

D'habitude, il ne lui témoignait pas une telle familiarité. Plus un mot du disque qu'il voulait lui faire enregistrer. Il n'y avait jamais cru, à ce disque, elle le savait maintenant. Il augmenta le volume de la radio en hochant la tête pour marquer la mesure.

— J'ai besoin d'argent, dit-elle brusquement.
— D'argent ? Sans blague ?
— Il me faut deux mille francs... J'espère que vous allez me les donner...

Elle était surprise elle-même de son assurance, mais

soudain, c'était comme si elle ne craignait plus personne, comme si sa timidité et ses scrupules avaient fondu et qu'elle était prête à tout.

— J'ai vraiment besoin de ces deux mille francs... Tout de suite...

— On verra... Il faudra d'abord être très gentille avec moi...

*

Elle marchait derrière Vietti et les néons l'éblouirent comme la première fois, quand elle attendait avec Louis sur les fauteuils. Il flottait la même odeur de renfermé.

Vietti ouvrit d'un tour de clé la porte capitonnée de cuir et s'assit derrière son bureau. Elle vint se réfugier dans l'embrasure de la fenêtre. L'avenue était déserte et le grand café, en face, où l'avait attendue Louis, brillait encore. Elle contemplait l'enseigne lumineuse : CAFÉ DES SPORTS. Elle avait envie de sortir et de téléphoner à Louis, dans le café, pour lui dire qu'elle le rejoindrait tout de suite.

— Maintenant, il va falloir que tu gagnes ton argent... Deux mille francs, c'est beaucoup... Tu devras te donner du mal...

Il compulsait un dossier sans lever les yeux vers elle. Puis il sortit un disque, d'une pochette.

— Ça, c'est une fille qui a du talent... ma dernière découverte... Tu veux l'écouter ?

Il posa le disque sur l'électrophone.

— Reste debout devant moi... Déshabille-toi...

Il l'avait dit d'un ton onctueux, avec le sourire figé de celui qui pose pour une photographie.

— Elle a du talent, hein ? Tu voudrais pouvoir chanter comme ça ? Je vais m'arranger pour qu'elle fasse l'Eurovision l'année prochaine...

Une voix espiègle de petite fille, étouffée par les guitares électriques.

— Celle-là aussi, il faudra que je la baise un jour, dit Vietti, rêveur.

Elle se tenait accroupie sur le canapé. De la main, il lui pressait la nuque jusqu'à ce que le visage d'Odile fût à la hauteur de sa taille à lui. Ensuite, le plus pénible pour elle, c'était de sentir la pression de ses doigts manucurés dans ses cheveux.

*

Le Café des Sports est éteint. Elle prend, à droite, le boulevard Gouvion-Saint-Cyr. Dans l'une des poches de son imperméable, est enfouie la liasse de billets que lui a donnée Vietti : deux mille francs. Il a dit, d'un air narquois, « qu'elle coûtait très cher pour une putain », mais qu'il n'y voyait aucun inconvénient, parce que, « lui, Christian Vietti, a toujours aimé aussi loin qu'il s'en souvienne, les putains qui coûtent cher ».

Elle traverse l'avenue des Ternes et se retourne vers le bas de celle-ci, là où Bellune s'est tué. Brusquement, elle ressent son absence avec une telle force que le vide se fait autour d'elle. Qu'aurait pensé Bellune de tout cela ? Lui non plus ne croyait pas beaucoup à son avenir dans la chanson et vers la fin il avait sans doute d'autres préoccupations. Mais elle se rappelle les visites de l'après-midi à son bureau et la terrasse de l'appartement où l'on se croyait sur le pont d'un paquebot. C'était Bellune qui lui avait appris *La*

Chanson des rues, un air qui datait de l'époque de son arrivée en France. Il lui avait toujours témoigné de la gentillesse. Son visage penché au-dessus du magnétophone, tandis que la bande tournait en silence. Et la phrase qu'il prononçait d'une voix douce avant de l'entraîner hors du bureau :

— Et si nous descendions, Odile ?

Et Louis ? Que penserait-il s'il savait ce qui s'est passé tout à l'heure ? Il ne le saura jamais. Il faut qu'elle se procure de l'argent. Les mille cinq cents francs de Bejardy ne suffisent pas, et le seul moyen qu'ils s'en sortent tous les deux, c'est d'avoir de l'argent.

Cette nuit, elle a gagné une somme supérieure au salaire mensuel de Louis, et elle regrette de n'en avoir pas exigé plus de ce salaud aux ongles manucurés. Elle entend de nouveau le rire du directeur du restaurant après qu'il lui eut annoncé qu'elle ne chantera plus. A lui aussi, elle aurait dû réclamer de l'argent.

Le rêve s'est cassé. Elle ne chantera plus. Elle n'a pas réussi à se faire entendre, sa voix ne s'est pas dégagée du brouillard et du vacarme comme la voix de cette chanteuse dont elle avait lu l'histoire. Elle manque de courage.

Elle arrive rue Delaizement, au bout de laquelle se trouve le garage. Elle a quitté Paris et suit un chemin de campagne.

Elle ne sonne pas mais entre par une porte latérale. La lumière est allumée au premier étage et Louis dort sur le divan. Par terre, le grand album où il colle les photos de son père et l'un des volumes de la collection du journal sportif sont ouverts. Au haut de la page de l'album, il a collé un article qu'elle lit machinalement :

« ... Dans le match poursuite, Memling prit enfin l'avantage sur un Gérardin parti trop sagement et le rejoignit après 3,625 km de course... »

Elle éteint la lumière et vient se blottir contre Louis.

Plus tard, quand ils parlaient du passé tous les deux — mais ils en parlaient en de très rares occasions, surtout après la naissance des enfants —, ils s'étonnaient que la période de leur vie qui fut la plus déterminante ait duré à peine sept mois. Oui, c'était bien cela : Louis avait quitté l'armée en décembre, Odile et lui s'étaient rencontrés au début du mois de janvier...

En février, Brossier leur procura un nouveau logement. Un jour qu'il était venu chercher Louis porte Champerret, il s'étonna de l'exiguïté de la chambre et de la chaleur étouffante que diffusait l'énorme radiateur.

— Vous ne pouvez pas rester ici, mon vieux... Pourquoi ne m'en avoir jamais parlé?

Justement, il connaissait un « deux-pièces » disponible que lui-même avait voulu louer mais il avait changé d'avis, le jugeant trop éloigné de la Cité universitaire. C'était au début de la rue Caulaincourt, de l'autre côté du pont de fer qui surplombe le cimetière Montmartre. Et le loyer? Tout à fait modique, le loyer. Il en parlerait à Bejardy. Non, Bejardy ne se sentirait pas le cœur de les laisser, Odile et lui, dans une minuscule mansarde surchauffée.

Ils s'installèrent rue Caulaincourt le mois suivant, et cet appartement leur sembla immense. La pièce principale était un atelier. Dans un coin, seuls vestiges de l'artiste qui avait vécu ici, un ventilateur aux pales énormes et un bar en demi-cercle. Sa laque noire et écaillée s'ornait de dessins d'inspiration chinoise, comme la chemise que Brossier aimait porter à la Cité universitaire. Par la baie vitrée, on voyait le sud-ouest de Paris.

Bejardy leur offrit un lit et un fauteuil au tissu grenat, Brossier deux chaises cannées et une lampe. Il y avait même le téléphone. Et une cuisine bien équipée. Quand le concierge leur demanda leur nom pour l'inscrire sur la liste des locataires de l'immeuble, ils indiquèrent : M. et Mme Memling, pensant qu'il serait plus rassuré en présence de jeunes mariés.

Un soir, on pendit la crémaillère, comme disait pompeusement Brossier. Celui-ci expliqua que Jacqueline Boivin, sa fiancée, ne serait — hélas — pas des leurs : de la Cité universitaire, la rue Caulaincourt paraissait le bout du monde. Il fallait traverser la Seine, et ce fleuve marquait la frontière entre deux villes qui n'avaient rien en commun.

Bejardy, lui, était venu à cette occasion. Louis remarqua, au revers de sa veste, un ruban vert et jaune.

— Vous êtes décoré ? demanda-t-il.

— La Médaille militaire, dit Bejardy. Je l'ai gagnée en Allemagne avec de Lattre. À vingt-trois ans. C'est la seule chose bien que j'aie faite dans ma vie.

Il avait baissé les yeux. On sentait qu'il voulait changer de sujet de conversation.

On but l'apéritif dans l'atelier. Puis on alla dîner tout près, rue Joseph-de-Maistre, *Chez Justin.*

*

Il ne travaillait plus la nuit. Désormais, Bejardy lui confiait de « petites missions » à remplir pendant la journée. Ou bien il restait au garage pour recevoir les visiteurs et répondre au téléphone. Les « petites missions » consistaient à aller apporter ou chercher du courrier à différentes adresses de Paris et de la banlieue, car Bejardy lui avait expliqué qu'il se méfiait de la poste. Souvent, il lui servait de chauffeur, le conduisant à ses rendez-vous dans une vieille voiture anglaise au parfum de cuir. Son salaire avait doublé sans que Bejardy lui eût donné le moindre motif de cette augmentation.

Il éprouvait une vague inquiétude. Quel nom exact donner à son « travail » ? Quelle était sa « raison sociale » ? Et celle de Bejardy ? Et pourquoi celui-ci l'avait-il si vite promu au poste d'homme de confiance ?

Ces questions, il en faisait rarement part à Odile. Les années de solitude au collège et à l'armée l'avaient habitué à ne se confier à personne et à dissimuler ses soucis. Au contraire, il s'efforçait vis-à-vis d'elle de paraître serein et la persuadait de la stabilité de son travail. L'attitude protectrice de Bejardy s'expliquait parce qu'il avait connu son père, jadis. Il ne mentait qu'à demi : Bejardy lui avait déclaré que le sport cycliste le passionnait dans sa jeunesse et qu'il était ravi et ému d'avoir procuré un emploi au fils du coureur Memling.

Non, devant Odile il ne fallait pas montrer la moindre inquiétude. Sinon l'équilibre fragile de leur vie risquait d'être compromis. Après tout ils n'habitaient plus dans une soupente mais dans un appartement de la rue Caulaincourt. Et sur la liste des locataires de l'immeuble, collée à la vitre du concierge, on pouvait lire : « M. et Mme Memling ». Ce n'était déjà pas si mal à vingt ans.

*

Mais il se permit de poser quelques questions à Brossier. Ils étaient assis sur l'une des banquettes du *Rêve,* un café de la rue Caulaincourt que Louis aimait bien à cause de son nom. Cela les amusait, Odile et lui, de dire : « Rendez-vous à cinq heures au *Rêve...* »

— Si je comprends bien, vous vous méfiez de Roland ?

— Pas du tout...

— Roland est un type bien, mon vieux... Ça n'arrive pas à tout le monde d'avoir la Médaille militaire à vingt-trois ans...

— Je sais.

— Vous faites un travail très banal, cela dit sans vous offenser. Un travail semblable à celui de grouillot ou de chasseur d'hôtel... Rien de bizarre là-dedans non ?

Il lui donna une petite tape sur l'épaule.

— Je plaisante... Vous êtes un peu le secrétaire de Roland... Moi aussi d'ailleurs... Vous trouvez ça honteux ?

— Non... Mais que fait au juste... Roland ?

— Roland est un homme d'affaires qui a des intérêts dans les automobiles et ailleurs, répondit lentement Brossier comme s'il récitait une leçon.

— Et de quelle manière l'avez-vous connu ?

— Je vous l'expliquerai un jour, quand nous aurons plus de temps...

Ils s'étaient levés et descendaient la rue. Des enfants, jaillis d'une école, les bousculèrent. L'un d'eux était chaussé de patins à roulettes et les autres le poursuivaient.

— Je comprends que vous soyez inquiet..., dit Brossier de sa voix rauque, essoufflée, celle qu'il prenait pour parler de choses qui lui tenaient à cœur.

Ce n'était plus le Brossier aux inflexions grasses. Quel phénomène étrange, pensait Louis, qu'on puisse avoir ainsi deux voix différentes...

Que disait-il ? Qu'à l'âge de Louis, on fait souvent de vagues besognes, on est obligé de vivre d'expédients. Après, les choses deviennent plus claires, mais à vingt ans, elles sont encore à l'état d'ébauche. C'est flou. C'est le début dans la vie, mon vieux. Lui-même... Un jour, il lui raconterait tout.

*

Elle essayait de s'occuper en l'absence de Louis. Elle avait gardé, de son passage au restaurant-cabaret d'Auteuil, une amie qui s'appelait Mary et travaillait toujours là-bas. Mary chantait et dansait quelques minutes au milieu des joueurs de balalaïka, vêtue d'un costume de « princesse ukrainienne » qui évoquait plutôt les montagnardes du Tyrol. Mais ce numéro de folklore n'était qu'un moyen provisoire de gagner un peu d'argent. Elle rêvait de tenir une petite boutique de mode. Elle en parlait à Odile et toutes deux projetaient de s'associer pour mener à bien cette entreprise.

En attendant, Mary pourrait travailler à domicile et se constituer une clientèle... Odile se demandait comment réunir la somme d'argent nécessaire à la création de cette boutique. Elles avaient déjà décidé de son enseigne : *Chez Mary Bakradzé,* pensant que le nom bizarre de Mary jouerait en leur faveur. Au-dessous de *Chez Mary Bakradzé,* écrit en lettres majuscules, on lirait : « Mode-Fashion », comme Odile l'avait admiré au fronton d'un magasin du quartier Saint-Honoré.

Mary dessinait des modèles et savait tailler les tissus. Elle avait travaillé très jeune chez une couturière, amie de sa famille. Odile lui posait des questions au sujet de ses parents mais n'obtenait jamais de réponse précise : tantôt son père et sa mère étaient séparés et vivaient à l'étranger, tantôt ils habitaient une maison dans le Midi et ils viendraient la voir prochainement, tantôt ils avaient disparu. Le seul point de repère dans ce brouillard, l'unique membre de cette famille dont on pouvait découvrir la trace — bien qu'il fût mort depuis une vingtaine d'années — était son grand-père, un écrivain qui s'exila à Paris, un certain Paul Bakradzé. Il consacra son talent à peindre en touches délicates la vie de garnison dans la Russie du Sud. L'un de ses romans avait même été traduit en français et Mary en conservait pieusement un exemplaire défraîchi.

Une blonde, petite, à la peau très fine, presque rose, aux yeux bleu pâle.

Le dimanche, Odile et Louis se rendaient chez elle. Mary habitait cette zone composite entre l'avenue de la Grande-Armée et l'avenue Foch, là où s'amorce le seizième arrondissement massif et résidentiel, mais où les rues subissent encore l'attraction des magasins de cycles et de roulements à billes, des garages, des anciens dancings et du fantôme de Luna Park.

Ils se promenaient tous les trois au bois de Boulogne, de la porte Dauphine jusqu'aux lacs. Et là, ils prenaient une barque et canotaient pendant une heure. Ou bien ils accostaient au ponton du *Chalet des îles* et faisaient une partie de golf miniature. À la tombée du soir, ils regagnaient l'appartement de Mary. Celui-ci se composait de trois pièces, les deux premières servant d'entrée et de salon. La troisième, à laquelle on accédait par un long couloir, était la chambre de Mary.

À leur retour, une dizaine de personnes encombraient le salon. Des gens d'âge mûr, certains très vieux. Les uns jouaient au bridge, les autres bavardaient en buvant du thé. Au passage, Mary embrassait une femme d'environ soixante ans, grande, le visage bouffi, les yeux bridés et l'autorité d'une maîtresse de maison. Sa tante, avait-elle expliqué à Louis et à Odile.

Cette assemblée conversait et jouait aux cartes dans l'obscurité. Chaque fois, Mary allumait les lampes et le lustre, comme si ce rôle lui était dévolu et que les autres eussent jugé trop difficile pour eux ou indigne de leur rang d'appuyer sur un interrupteur. Ou bien n'y pensaient-ils pas.

Dans la chambre de Mary, ils écoutaient des disques et bavardaient. Odile et Louis avaient retrouvé en cette fille leur nonchalance et leur paresse naturelles. Ils étaient nés la même année. Ils s'entendaient bien et passaient souvent la nuit ensemble.

Mary leur apportait quelque chose à manger, un gâteau ou une assiette de potage. Par la porte entrouverte, ils entendaient le murmure des voix du salon. Peu à peu, les conversations s'éteignaient, les gens quittaient l'appartement. Un homme parlait au téléphone, dans le couloir. Il gardait de longs moments le silence et l'on croyait, chaque fois, qu'il avait raccroché. Mais il prononçait une phrase et se taisait à nouveau. Et ce conciliabule téléphonique dans une langue inconnue se prolongeait des heures, souvent jusqu'au matin.

*

Chez Mary, venait le dimanche l'un de ses camarades, un jeune Espagnol de leur âge, un certain Jordan, qui cherchait un engagement dans un cabaret pour un numéro de travesti. Sur le conseil de Mary, il s'était présenté au directeur de la boîte de nuit d'Auteuil, qui l'avait engagé à l'essai.

Il commencerait d'ici quelques jours mais voulait une robe de scène semblable à celle que portait l'héroïne de *La Femme et le Pantin* dans une édition illustrée de ce livre qu'il avait découverte sur les quais. Mary et Odile décidèrent de lui confectionner cette robe, et plusieurs journées se passèrent à tailler et à coudre dans la chambre de Mary, tandis que Louis lisait un roman policier. À chaque essayage, Jordan demandait l'avis de Louis. La robe lui allait bien, et la douceur de ses traits, sous la mantille, faisait vraiment illusion.

Le soir de ses débuts, Louis et Odile vinrent au cabaret. Jordan passait juste après Mary. Les balalaïkas se turent et, dans l'obscurité, une voix grave annonça :

— La Cigarrera !

On entendit les premières notes du *Bolero* de Hummel sur lequel Jordan allait danser et dont il avait lui-même apporté la bande magnétique. Quand la lumière se fit, Jordan était au milieu de la scène, livide et pétrifié dans sa robe.

Les castagnettes qu'il tenait à la main tombèrent comme des fruits morts. Il demeura quelques secondes immobile et s'écroula sur le parquet. Il s'était évanoui de trac — ou de faim, car il ne mangeait presque pas depuis quinze jours, par crainte de perdre sa « ligne » et de ne pouvoir entrer dans sa robe, pour le numéro.

Il fut renvoyé le soir même et Odile, Louis et Mary durent le consoler.

Le premier jour du printemps, Bejardy invita Odile et Louis à déjeuner, et tous deux, pour profiter du soleil, décidèrent d'aller à pied jusqu'au quai Louis-Blériot.

Brossier leur ouvrit la porte et les conduisit au salon où une table de cinq couverts était dressée. Bejardy se trouvait en compagnie d'une jeune femme brune, celle de la photo que Louis avait remarquée sur la cheminée, le premier jour.

— Nicole Haas... Une amie... M. et Mme Memling... Vous savez, Coco, c'est Mme Memling qui chante si bien *La Chanson des rues...*

Il les appelait toujours ainsi, d'un ton cérémonieux, parce qu'il avait été amusé de lire sur la liste des locataires de leur immeuble : « M. et Mme Memling ».

— Vous avez raison, avait-il dit à Louis : ça fait plus sérieux. Maintenant, il faut vous marier. Je serai votre témoin, si vous voulez.

Nicole Haas avait un visage gracieux, mais sévère. Elle était grande, presque de la taille de Bejardy, et Louis fut frappé par ses allures garçonnières, en particulier sa façon de fumer et d'allonger ses jambes, les talons posés sur la table basse.

— Monsieur est servi, dit Brossier, solennel.

— Louis, vous vous asseyez à la droite de Coco... Madame Memling à ma droite...

Pendant le déjeuner, on ne parla pas beaucoup. Nicole Haas, qui présidait la table, paraissait de mauvaise humeur. Bejardy la couvait du regard. Elle était plus jeune que lui. Trente ans à peine.

— Tu montes à cheval cet après-midi, Coco? lui demanda Bejardy.

— Non. Il faut que j'aille chez Equistable. J'ai besoin d'une selle.

Elle fit la moue et, d'un geste nonchalant, elle se versa un grand verre d'eau.

— Je crois qu'Equistable est un très bon magasin pour ça, dit Brossier.

Elle haussait les épaules.

— Oui... Moi, d'habitude, j'allais chez Ramaget...

Elle semblait agacée par Bejardy et Brossier, mais considérait d'un œil curieux et amical Odile et Louis.

— Vous ne montez pas à cheval?

— Non, dit Odile.

— Pourquoi ne les as-tu jamais invités à Vertbois? demanda-t-elle à Bejardy.

— Nous les inviterons cet été, Nicole...

Elle se tourna vers Odile et Louis et leur sourit.

— S'il vous emmène à Vertbois, je vous ferai monter à cheval.

— Vertbois est une... propriété familiale, en Sologne..., dit Bejardy. Il faut que vous la connaissiez...

— Vertbois est le berceau des comtes Bejardy,

déclara ironiquement Nicole Haas. Noblesse du Second Empire... Roland a rajouté la particule...

Cette fois, Bejardy perdit son calme et le regard craintif dont il enveloppait Nicole Haas se durcit.

— Tu dis des bêtises, Coco... Mon cher Louis, vous avez devant vous un exemple tout à fait caractéristique de snobisme... Nicole est obsédée par la noblesse.

Nicole Haas éclata de rire et alluma une cigarette.

— Idiot, va...

À travers ces mots perçait un affectueux mépris pour Bejardy.

Le plateau du café attendait, posé sur le bureau, de l'autre côté de la pièce. Au passage, Nicole Haas ouvrit une fenêtre et le vent gonfla les rideaux de gaze. Bejardy servit lui-même le café.

Nicole Haas, Odile et Louis étaient assis sur le canapé de velours. Bejardy et Brossier, appuyés au bureau, observaient le silence, craignant peut-être de provoquer d'une parole la mauvaise humeur de Nicole Haas. Mais celle-ci les ignorait.

Elle sortit de son sac un étui à cigarettes de cuir et le tendit à Odile puis à Louis. Elle alluma elle-même leurs cigarettes avec un briquet d'où s'élevait une flamme très haute et que Louis fut surpris de voir entre ses mains : l'un de ces briquets Zippo de l'armée américaine qu'on essayait à tout prix de se procurer du temps où il était au collège.

— Coco, tu veux que je t'accompagne chez Equistable ? demanda Bejardy.

Mais elle se tournait vers Louis :

— Vous avez un beau nom, monsieur de Memling.

— Il s'appelle Memling tout court, dit Bejardy. Elle ne l'écoutait pas. Elle fumait en regardant les rideaux de gaze baignés de soleil auxquels le vent imprimait une ondulation, comme le flottement d'une écharpe.

*

Nicole Haas se leva brusquement et vint écraser sa cigarette sur le cendrier du bureau de Bejardy.
— Il faut que je parte...
— Tu as besoin de la voiture? demanda Bejardy.
— Non.
Elle serra les mains d'Odile et de Louis.
— J'espère vous revoir.
Et, sans prêter la moindre attention à Bejardy, elle se dirigea vers la porte.
— A ce soir, Coco..., dit Bejardy. Et sois bien sage...
Elle ne se donna même pas la peine de se retourner et ferma la porte derrière elle. Brossier eut un petit rire nerveux. Bejardy s'assit sur le canapé, à côté d'Odile et de Louis, en poussant un soupir.
— Ce n'est pas une mauvaise fille, malgré les apparences. Louis... j'ai à vous parler... Allons un instant à côté...
— Dites-moi, madame Memling, vous ne voulez pas faire une partie d'échecs, pendant qu'ils bavardent tous les deux? proposa Brossier.
— Pourquoi pas? dit Odile, en suivant des yeux Louis que Bejardy entraînait, une main posée sur son épaule dans un geste qui se voulait d'amicale protection.

*

Ils entrèrent dans la chambre où Odile et Louis avaient passé une nuit. De l'autre côté de la Seine, le bâtiment clair des usines Citroën prenait une allure d'aérodrome.

— Belle vue, hein? dit Bejardy. Au début, j'avais un garage dans le quartier là-bas... en face... rue Balard... C'était l'époque où j'allais voir courir votre père... Je l'ai vu courir pour la première fois en 1938, au Vel' d'Hiv'... j'avais seize ans...

— Vous l'avez connu? demanda Louis.

— Non... J'ai connu Aerts et Charles Pelissier, mais je fréquentais plutôt des gens d'automobile...

Était-ce l'allusion à son père et les mots qu'avait employés Bejardy, ce « gens d'automobile », qui sonnait un peu comme « chevalier d'industrie » ou « gentleman rider »? Mais Louis s'imagina brusquement dans un grand garage frais et désaffecté. Les rayons du soleil tombaient d'une verrière à travers des branches, et cela dessinait des ombres sur le sol, comme des feuilles à la surface d'un étang.

Son enfance.

Bejardy s'était allongé sur le lit et, pour ne pas salir la couverture de satin, laissait pendre ses pieds par-dessus le montant capitonné. Louis restait debout, près de la fenêtre.

— Voilà ce dont il s'agit... j'ai besoin que vous me rendiez service... Il faudrait que vous fassiez un saut en Angleterre...

*

Au salon, Brossier et Odile, assis devant la table basse, étaient absorbés par leur partie d'échecs. Odile prenait goût à ce jeu, sous l'influence de Mary qui leur avait appris, à elle et à Louis, le déplacement des pièces.

Bejardy et Louis suivaient la partie en silence. Au bout d'une dizaine de minutes, Odile dit : « Échec et mat. » Brossier était lui aussi un joueur sans grande pratique.

— Redoutable, cette petite madame Memling, déclara Brossier en souriant.

*

Dehors, ils marchèrent en direction de la porte d'Auteuil. Les rues étaient désertes. De temps en temps un autobus passait et son ronflement se diluait sous le soleil.

Ils se sentaient légers comme s'ils venaient de remonter à l'air libre après une longue plongée sous-marine. Peut-être, pensa Louis, parce que l'hiver était fini. Il se revoyait au mois de décembre, quittant la caserne avec ses chaussures qui prenaient l'eau. Leur bruit mou et liquide, à chaque pas, lui donnait la sensation de s'engluer irrémédiablement. Maintenant, il aurait volontiers couru pieds nus, sur le trottoir sec.

— À quoi penses-tu ? lui demanda Odile en lui prenant le bras.

— Nous allons faire un voyage en Angleterre... Je t'expliquerai...

— En Angleterre ?

Elle ne s'en étonnait pas. Cet après-midi-là, tout lui semblait possible.

Ils arrivaient enfin à la lisière du bois de Boulogne.

Des groupes bruyants se dirigeaient en procession vers l'entrée du champ de courses.

— On devrait prendre une barque, dit Louis.

À mi-chemin des lacs, ils changèrent d'avis. Le vent qui agitait doucement les feuillages en dispersant des cris et des rires d'enfants, le soleil, la perspective de ce voyage en Angleterre, tout cela incitait à la paresse. Ils s'assirent à une table dans le jardin de la ferme d'Auteuil et commandèrent deux laits grenadine.

Ils ne parlaient pas. Odile appuyait sa tête contre l'épaule de Louis et buvait la grenadine à l'aide d'une paille. Là-bas, sur l'allée cavalière, une femme brune qui montait en amazone un cheval gris pommelé passait lentement, et ils crurent reconnaître Nicole Haas.

Juste après les Pâques russes qu'ils fêtèrent avec Mary, Brossier leur fixa rendez-vous au bureau de « Jeunesse-Échanges franco-anglais », en face de l'Opéra-Comique. C'était pour les inscrire sur la liste de ceux qui passeraient leurs vacances à Bournemouth, station balnéaire du Hampshire.

Ils furent reçus dans une pièce étroite encombrée de dossiers par un M. « A. Stewart » dont ils avaient lu le nom, à la porte, sur une plaque de cuivre. Un octogénaire aux yeux plissés et à la peau recouverte de taches de son. Tous les papiers étaient prêts. Il suffisait que Louis et Odile indiquassent leurs dates de naissance.

— J'ai précisé que vous étiez étudiants, dit Stewart d'une voix d'insecte. C'est mieux comme ça.

— Vous avez raison, dit Brossier

— Bien sûr, vous n'êtes pas obligés de rester jusqu'à la fin du séjour, dit Stewart.

— Je sais, dit Louis.

— Comment va Roland ? dit Stewart.

— Ça va.

Il les raccompagnait à la porte.

— J'ai très bien connu le père de Roland de Bejardy, déclara Stewart, brusquement solennel, en se tournant vers Odile et Louis. Je le tutoyais.

*

Brossier avait à faire et demanda à Louis de lui confier la voiture de Bejardy avec laquelle ils s'étaient tous les trois rendus rue Favart, au bureau de « Jeunesse-Échanges ». Odile et Louis marchèrent au hasard et s'assirent à la terrasse d'un café de la rue Réaumur. Sur la table, près de la vitre, traînait le *Journal de la cote Desfossés*.

Louis, pour se donner une contenance, feuilletait les pages du journal et ses yeux s'attardaient à la rubrique des valeurs « hors cote ». Le moment était venu d'expliquer à Odile la raison de ce voyage en Angleterre, mais il ne savait comment aborder ce sujet délicat.

— Ça t'intéresse ?

Elle lui arracha des mains, en souriant, le *Journal de la cote Desfossés* qu'elle posa à côté d'elle sur la banquette. Louis la considérait, l'œil vague.

— À quoi tu penses ?
— À rien... À la Bourse... Regarde...

Il la désigna, la Bourse, de l'autre côté de la rue, avec sa colonnade et les escaliers que descendaient des groupes de gens affairés. Il pleuvait. Des clients, de plus en plus nombreux, entraient dans le café et se massaient au zinc. La plupart portaient des serviettes noires. À la table voisine de la leur, un homme, encore assez jeune mais au teint rouge et aux rares cheveux noirs plaqués en arrière, levait de temps en temps la tête du dossier qu'il compulsait et fixait insolemment son regard sur Odile.

— Voilà... ce voyage en Angleterre... C'est pour rendre un service à Bejardy...

Et après avoir pris son souffle, il lui donna des détails d'une voix précipitée, comme s'il craignait qu'elle l'interrompît. Tous les détails. Qu'il était chargé par Bejardy de faire passer en Angleterre une somme de près de cinq cent mille francs en espèces, qu'il toucherait un pourcentage là-dessus et que l'astuce consistait à se mêler à un groupe des « Jeunesse-Échanges franco-anglais » pour franchir la douane sans risque. Stewart, le directeur de « Jeunesse-Échanges », était lui-même dans le coup, paraît-il.

Elle l'écoutait, les yeux grands ouverts. Quand il eut fini, ils restèrent un instant silencieux.

— Je suis sûre qu'ils avaient cette idée en tête depuis le début, dit-elle.

— Oh oui... certainement...

Louis haussa les épaules. On verrait bien ce qui se passerait. Il devina qu'elle pensait la même chose que lui.

— Oh... ce n'est pas grave, tout ça...

Ils vivaient l'un de ces moments où l'on éprouve le besoin de s'agripper à quelque chose de stable et de demander conseil à quelqu'un. Mais il n'y a personne. Sauf ces silhouettes grises avec leurs serviettes noires qui traversent la rue Réaumur sous la pluie, entrent dans le café, consomment au zinc, sortent, et leur mouvement étourdit Odile et Louis. Le sol tangue.

*

Ils traversaient la salle des Pas-Perdus de la gare Saint-Lazare, et Brossier voulut s'arrêter au petit buffet qui occupait la passerelle, entre la gare et l'hôtel Terminus.

— Non..., dit Louis. Nous serions mieux là-bas... près des quais de départ.

Odile le regarda et sourit.

— Cet endroit nous rappelle de mauvais souvenirs, dit-il.

Ils se dirigèrent alors vers le buffet du fond et s'assirent à une table. Le rendez-vous avait été fixé à l'entrée du couloir qui menait aux quais de départ des grandes lignes. Un groupe de jeunes gens stationnait à quelques mètres. Louis consulta sa montre : c'était à peu près l'heure convenue.

— Le groupe de « Jeunesse-Échanges », non ? dit Louis à Brossier.

— Certainement.

Brossier eut un rire étouffé qu'il communiqua a Odile.

— Vous trouvez que c'est drôle, vous ?... demanda Louis.

Mais il finit par rire lui aussi.

— J'espère que vous serez studieux et que vous apprendrez bien l'anglais avec les autres, dit Brossier.

Louis avait posé sur une chaise, à côté de lui, un grand sac de toile bleue aux multiples poches qui contenait une partie des liasses de billets de banque, dissimulées dans des chemises et des chandails. Le reste de l'argent était caché au fond de la valise en carton bouilli d'Odile.

— Il faut que vous rejoigniez les autres, maintenant, dit Brossier.

Il aida Louis à attacher sur son dos le sac bleu de campeur ou d'alpiniste. Odile portait sa petite valise de carton bouilli elle-même.

Ils se tenaient en bordure du groupe, avec Brossier.

— Dès votre arrivée, vous nous téléphonez, hein? dit Brossier.

— Vous croyez vraiment qu'il n'y aura aucun problème? dit Louis.

— Aucun. Je vous laisse maintenant... On s'embrasse?

Cette proposition l'étonna de la part de Brossier, qui embrassa Odile à son tour. Puis il s'éloigna. Au seuil des escaliers qui descendaient cour de Rome, il se retourna et agita le bras, avant de disparaître.

— Vous êtes des nôtres? demanda à Odile un jeune homme aux très grosses lèvres et aux cheveux coupés en brosse.

— Oui.

— Bon... Venez par ici...

Ils serrèrent les mains d'une dizaine de garçons et de filles qui se présentèrent par leurs prénoms. Apparemment, le garçon aux cheveux coupés en brosse était le chef de groupe.

— Tenez, vous allez coller ça sur vos bagages et au revers de vos vestes...

Il montra à Odile et à Louis de petits insignes triangulaires où on lisait : JEUNESSE-ÉCHANGES, et les fixa lui-même sur leurs manteaux, le sac bleu et la valise.

— S'ils se décollent, je vous en donnerai d'autres...

La plupart de leurs compagnons de voyage se

connaissaient déjà. Ils évoquaient un précédent séjour à Bournemouth et parlaient d'un certain Axter dont Louis avait entendu le nom dans la bouche de Bejardy.

— C'est qui, Axter ? demanda Louis à celui qu'il considérait désormais comme le chef de groupe.

— M. Axter est le directeur de l'institution où nous allons suivre des cours.

— Des cours ?

— Oui. Tous les matins.

— C'est la première fois que vous allez en Angleterre par « Jeunesse-Échanges » ? demanda une brune aux yeux bleus.

— Oui, dit Louis.

— Vous verrez, c'est très bien.

— Je crois qu'il est temps, dit le garçon aux cheveux en brosse et aux grosses lèvres.

Le train du Havre était déjà formé. Le garçon aux cheveux en brosse tendit au contrôleur un billet collectif.

— Vous êtes combien ?

— Douze.

Le contrôleur les compta d'un œil distrait tandis qu'ils s'avançaient sur le quai.

— Est-ce que je peux acheter des journaux ? demanda Odile.

— Faites vite, dit le garçon aux cheveux en brosse. Si vous trouvez *Science et Vie,* vous me le prenez...

— Je t'accompagne, dit Louis.

Ils marchaient à pas rapides. Au moment de quitter le quai, ils désignèrent au contrôleur leurs insignes de « Jeunesse-Échanges ».

Au kiosque, Louis acheta *Elle, Candide, Match, Paris-Presse* et *Science et Vie.* Odile attendait, assise sur sa valise, et suivait d'un regard distrait les allées et venues des gens, de plus en plus nombreux car l'heure de pointe approchait. Tout à coup son cœur battit très fort et elle suffoqua presque. Elle avait aperçu le gros blond, le policier qui s'était servi d'elle comme appât. Il passa près d'elle, et se dirigea lentement vers l'entrée du buffet.

*

Deux compartiments avaient été réservés pour le groupe « Jeunesse-Échanges ». Odile et Louis étaient assis face à face, du côté du couloir. Elle avait posé sa valise sur le filet à bagages et Louis gardait son sac bleu à portée de la main. Elle pensait au gros blond et se sentait découragée et prise au piège. Cette déposition qu'elle avait signée... Ils la rangeraient dans un dossier. Tant pis. Mais peut-être le gros blond avait-il découvert dans l'appartement de Bellune des traces de sa présence, car elle croyait y avoir laissé un exemplaire du « souple » et quelques photos d'elle dont Bellune avait besoin pour la couverture du disque... Et s'il ne s'était pas occupé de cette histoire ? En tout cas, elle l'avait vu avenue des Ternes, devant l'hôtel Rovaro...

Louis parlait aux autres. Peu à peu, elle les écouta et finit par oublier le gros blond.

À côté d'elle était assise une fille qui lui confia qu'elle avait dix-sept ans. Elle paraissait plus vieille que son âge à cause de son tailleur, de ses lunettes de soleil et de sa voix grave. La brune aux yeux bleus et à la jupe plissée se tenait à la droite de Louis. Une autre fille au visage joufflu. Et un brun qui se croyait beau garçon. Il passait sans cesse une main dans ses cheveux et portait une chevalière.

— Et vous ? demanda le brun à Odile et à Louis. Vous avez l'adresse de vos familles ?

Ils ne comprenaient pas très bien de quoi il s'agissait. Les familles ? Oui, celles chez qui les membres de « Jeunesse-Échanges » habiteraient pendant leur séjour à Bournemouth. Mais Odile et Louis ignoraient l'adresse de leurs familles.

*

Au Havre, ils attendirent d'embarquer à la terrasse d'un café du quai dont le juke-box diffusait des chansons italiennes, et la sonorité de leurs paroles s'engluait dans ce décor de béton et de brumes.

Le bateau était à quai. Le garçon aux cheveux en brosse expliqua à Odile et à Louis qu'il s'appelait le *Normania* et qu'on mettrait toute la nuit pour arriver à Southampton.

Le bureau de la douane occupait une sorte de petit hangar. Le garçon aux cheveux en brosse avait réuni tous les passeports des membres du groupe. Quand Odile lui confia le sien, elle eut une pensée fugitive pour le gros blond.

L'un des douaniers tamponna les passeports à la file puis les rendit au chef du groupe « Jeunesse-Échanges » qui semblait le connaître.

— Beaucoup de passagers, ce soir ?

— Pas mal, répondit le douanier. Ce sont les vacances de Pâques. Regardez...

Des garçons et des filles, entre quinze et vingt ans, étaient agglutinés les uns aux autres sur le pont du

Normania. Certains chantaient en chœur. Quand tous ceux de « Jeunesse-Échanges » furent montés à bord, ils ne pouvaient presque pas avancer à travers cette cohue. Le garçon aux cheveux en brosse agitait une main et de l'autre serrait fermement Louis par le poignet.

— Ne nous perdons pas de vue... Rendez-vous dans le grand salon. Je vous conseille de garder vos insignes sur vous... Oui... Oui... Surtout gardez-les... Je vous en supplie... Gardez-les...

Il était affolé, le pauvre, à la perspective que le groupe « Jeunesse-Échanges » risquât de se disloquer dans cette foule, et sa voix qui évoquait jusque-là les aboiements d'un chien de berger, avait atteint la limite du sanglot.

*

La nuit était tombée depuis longtemps lorsque le *Normania* appareilla. Odile et Louis, accoudés au bastingage, regardaient s'éloigner les lumières du Havre. Louis portait toujours, au dos, le sac bleu, et Odile serrait entre ses jambes la valise. Près d'eux, une dizaine de jeunes gens, coiffés chacun d'un large béret de velours noir, chantaient une complainte dans une langue inconnue aux douceurs de brise. Ils répétaient le refrain en chœurs alternés, et Odile et Louis se laissaient bercer par cette langue mélodieuse qu'ils ne comprenaient pas.

Bientôt, il n'y eut plus personne sur le pont. Ils ne sentaient ni l'un ni l'autre l'air glacé. C'était la première fois qu'ils voyageaient en bateau. Ils marchèrent jusqu'à l'avant puis descendirent un escalier. Ils longèrent des coursives où de petits groupes, assis par terre, bavardaient et jouaient aux cartes. Plus loin, on se pressait autour d'un comptoir métallique pour acheter un sandwich ou une boisson chaude. Ils débouchèrent enfin dans ce que le chef de groupe appelait « le salon », mais qui offrait plutôt l'apparence d'un fumoir, avec des fauteuils et des canapés de cuir vissés au sol et, sur les murs lambrissés, des photographies de paysages comme ceux qui ornent les compartiments de chemin de fer. Deux hublots, de chaque côté, et devant l'un d'eux une table de bridge.

Dès l'entrée, l'odeur de pipe et de tabac brun prenait à la gorge. Là aussi, les passagers étaient affalés par terre. Certains dormaient même dans des sacs de couchage. Ceux de « Jeunesse-Échanges » se serraient sur un canapé et un fauteuil, et le chef de groupe aux cheveux en brosse fit un signe du bras à Louis et à Odile. Louis portait la valise d'Odile sur son épaule et tous deux se frayèrent un passage parmi les corps étendus et les groupes assis en tailleur. Près de la table de bridge, trois des mystérieux étrangers coiffés de bérets de velours continuaient de chanter à voix sourde.

— Je croyais que vous étiez perdus, dit le chef de groupe. Asseyez-vous là... Pourquoi portez-vous vos bagages ? C'est idiot... vous auriez dû les laisser avec les nôtres...

Louis, en guise de réponse, haussa les épaules. Il s'était assis par terre, le dos appuyé au bras du canapé tandis qu'Odile avait pris place sur celui-ci.

— Nous pouvons nous appeler par nos prénoms, dit le chef de groupe. Moi, c'est Gilbert...

Il présentait la brune aux yeux bleus et à la jupe plissée, le garçon à la chevalière :
— Françoise, Alain...
Puis les autres :
— Marie-Jo, Claude, Christian...
Louis et Odile indiquèrent à leur tour leurs prénoms.
— Vous êtes frère et sœur ? demanda Gilbert.
— Non, cousins, dit Louis sans réfléchir.
Le bateau avait commencé à tanguer et ce mouvement prenait de l'ampleur.
— J'espère que vous ne souffrez pas du mal de mer, dit Gilbert. En général, ça ne dure pas longtemps... La traversée est plutôt calme...
Il sortait une pipe de sa poche.
— Moi, j'ai un remède radical contre le mal de mer : une pipe... Nous nous entendons bien, Axter et moi... C'est aussi un grand fumeur de pipe...
Odile s'était recroquevillée, elle avait fermé les yeux et posé la joue contre le dos du canapé. Gilbert allumait sa pipe. Avec sa coupe en brosse et ses grosses lèvres, il avait un air de bon élève, et Louis l'imaginait en culotte courte, au premier rang de la classe, levant le doigt à toutes les questions du professeur, et disant :
— M'sieu... M'sieu !
Sur le fauteuil, le brun à la chevalière flirtait avec Marie-Jo, celle que l'on aurait crue plus vieille que son âge. Il l'embrassait interminablement. De son bras replié, il pressait la nuque de la fille et Louis le soupçonnait de jeter un œil furtif sur sa montre-bracelet pour chronométrer le baiser.
— Vous n'en voulez pas une bouffée, mon vieux ? dit Gilbert.

Il lui tendit sa pipe. Louis refusa.

— Votre cousine dort, mon vieux, dit Gilbert en lui désignant Odile.

Le bateau tanguait de plus en plus. La valise d'Odile, au pied du canapé, glissa un peu et Louis la rattrapa. Il avait de nouveau attaché à son dos le sac bleu.

— Ça ne vous gêne pas, ce sac, mon vieux? dit Gilbert.

— Non, dit Louis, j'ai l'habitude...

Le brun et Marie-Jo s'embrassaient toujours. D'autres flirts s'ébauchaient entre les membres du groupe. La fille aux grosses joues tenait par la main un petit roux dont l'accent était celui des Français d'Algérie. La brune aux yeux bleus et à la jupe plissée paraissait envier Marie-Jo, que le brun serrait contre lui.

— L'embêtant, c'est qu'ils n'apprennent pas l'anglais, dit Gilbert. Ils restent toujours entre eux, à flirter... J'en ai parlé à Axter... De véritables cochons... Vous et votre cousine, vous donnez au moins l'exemple... C'est très bien...

L'un des chanteurs mystérieux, près de la table de bridge, souffrait du mal de mer et se préparait à vomir dans son grand béret de velours.

— Nous arriverons à Southampton vers sept heures du matin, dit Gilbert, la pipe entre les dents.

Mais ses lèvres étaient si grosses qu'elles semblaient soutenir la pipe à elles seules.

Odile avait ouvert les yeux et regardait Louis, le visage ensommeillé. La lumière faiblit à ce moment-là et vacilla avant de s'éteindre On entendit des exclamations et quelqu'un qui hurlait avec l'accent du Midi :

— Et merde à la reine d'Angleterre !

Des rires. Un brouhaha de conversations. Des hoquets : l'un des chanteurs au béret de velours, sans doute, pensa Louis. Plusieurs voix, à l'unisson, criaient :

— La lu-mière ! la lumière !

Quelques-uns allumaient des briquets. Louis se rapprocha d'Odile.

— On va dormir..., lui dit-il à l'oreille.

Il prit la valise d'Odile et tous deux quittèrent le « salon » en essayant d'éviter, tant bien que mal, les corps enchevêtrés. Une vague clarté venait de la coursive.

Ils finirent par trouver le chemin des cabines, et Louis tira de sa poche un billet pour y consulter le numéro de la leur. Deux couchettes. Ils s'y allongèrent. Louis gardait contre lui le sac et la valise et pensait à la tête de leur chef de groupe s'il apprenait qu'Odile et lui disposaient d'une cabine que leur avait réservée Brossier, de Paris. Gilbert aurait été certainement très affecté que ces deux cousins ne dorment pas au salon, avec tous ceux de « Jeunesse-Échanges ».

*

Tout flottait dans une brume blanche. À la descente du *Normania* ils passèrent la douane anglaise, puis Gilbert les entraîna vers un car, à l'arrêt sur le quai.

Du fond du car, un homme vint à la rencontre de Gilbert.

— Comment allez-vous, monsieur Axter ?

— Très bien, et vous ? Le voyage a été agréable ?

Il parlait français avec une très légère pointe

d'accent. Un blond d'une quarantaine d'années aux cheveux frisés qui portait des lunettes à grosse monture d'écaille, une veste de tweed roux et une pipe.

Les membres du groupe s'étaient assis à l'avant du car, Odile et Louis un peu en retrait. Axter promenait sur eux tous un regard soucieux.

— Dites-moi, Gilbert, vous avez dans le groupe un... Louis Memling ?

— Louis ?... Louis... mais oui... Les cousins...

Il désigna Louis et Odile.

Axter leur sourit.

— Michel Axter, dit-il. Enchanté de faire votre connaissance.

On devinait une certaine coquetterie de sa part à franciser son prénom. Il serra la main de Louis et d'Odile et s'assit sur le siège devant eux, en gardant la tête tournée de leur côté.

— Roland de Bejardy m'a téléphoné hier soir pour me prévenir de votre arrivée. C'est un excellent ami à moi, vous savez...

Il bourrait sa pipe, le sourire figé. Gilbert se tenait respectueusement à l'écart, surpris de cette intimité soudaine entre Axter, Louis et Odile. Et peut-être aussi un peu jaloux.

— Je dirai même que nous sommes des amis de jeunesse, Roland et moi...

Cette fois-ci son sourire s'épanouit. Gilbert, de plus en plus surpris, sortit sa pipe d'un geste nerveux, comme s'il voulait que ce geste le rappelât à l'attention d'Axter et établît une connivence entre eux. Il bredouilla même :

— Toujours fidèle à l'Amsterdamer, monsieur ?

Mais Axter ne l'entendit pas. Il s'était penché vers Odile et Louis.

— Je suis ravi de vous accueillir dans notre institution de Bournemouth...

Puis il compta, de loin, en tendant l'index, les membres du groupe.

— Tout le monde est bien là ?

— Tout le monde est là, monsieur Axter, dit Gilbert.

— Alors, prévenez le chauffeur...

Le car s'ébranla et Gilbert revint s'asseoir précipitamment à proximité d'Axter, d'Odile et de Louis. Il craignait sans doute qu'on eût dit du mal de lui, en son absence.

— Ça ne sera pas long... Bournemouth est tout près..., déclara Axter.

— Et comment va votre femme ? demanda Gilbert, s'efforçant désespérément d'attirer l'attention d'Axter.

Mais celui-ci avait ouvert un journal qu'il lisait avec beaucoup de recueillement.

Derrière les vitres tout disparaissait dans un brouillard blanc et brillant, et Louis se demandait par quel miracle le chauffeur pouvait se guider.

*

Quelques instants avant qu'on arrivât à Bournemouth, le soleil était apparu, ce qui avait fait dire à Axter :

— Vous voyez, le soleil est toujours au rendez-vous à Bournemouth...

Et Gilbert, n'ayant pas renoncé à participer à la conversation, avait ajouté :

— C'est un climat méditerranéen... Il y a beaucoup de pins... et de fleurs... Comme le remarque souvent M. Axter, Bournemouth est le Cannes du Dorset...

Cette flagornerie tomba à plat puisque Axter haussa les épaules.

Il sortit une liste de sa poche et, se tournant vers Odile et Louis :

— Nous allons déposer un par un les jeunes gens dans les familles qui les accueillent... Ça ne durera pas longtemps...

— Nous arrivons à Christchurch, monsieur, dit gravement Gilbert du ton d'un guide de brousse qui indique une piste à son client.

Axter consulta sa liste.

— Nous avons quelqu'un qui descend à Christchurch... Marie-José Quilini chez les Guilford... 23 Meryl Lane... Dites au chauffeur de stopper 23 Meryl Lane...

Gilbert s'exécuta.

Et chaque fois le même cérémonial se déroulait. Le car faisait halte à l'adresse indiquée, un cottage ou un petit pavillon précédé d'un jardin. La famille attendait, la mère et les enfants sur le perron de la maison, le père sur le trottoir, devant la grille ouverte du jardin, tous raidis dans une sorte de garde-à-vous. Axter descendait du car avec le garçon ou la fille du groupe, qu'il présentait au père. Gilbert, lui, suivait, la valise de l'élève à la main. Puis le père, Axter et l'élève de « Jeunesse-Échanges » marchaient jusqu'au perron, où une courte conversation s'engageait avec les membres de la famille, tandis que Gilbert posait la valise. Ensuite, le père raccompagnait Axter et Gilbert jusqu'au car. Le membre de « Jeunesse-Échanges » demeurait sur le perron en compagnie de la mère et des enfants, et, figés, de nouveau, ils regardaient tous partir le car.

Il ne restait plus dans celui-ci qu'Axter, Gilbert, Odile et Louis, Gilbert de plus en plus nerveux :

— Je vous ai mis à Cross Road, dans la même famille que l'année dernière, dit Axter.

— Merci. Comme ça, je serai près de chez vous...

Il hésita. D'une voix précipitée, en désignant Odile et Louis :

— Et ces deux-là, dans quelle famille sont-ils ?

— Ils habiteront chez moi, à l'institution.

Gilbert écarquilla les yeux.

— Chez vous ?

On aurait cru qu'il venait de recevoir un coup de poing au creux de l'estomac. Son visage était décomposé et ses lèvres encore plus grosses, comme gonflées par un phénomène de pneumatique et prêtes à éclater.

— Pourquoi chez vous ?

— Comme ça... Cela vous étonne ?

Le car s'arrêtait à Cross Road, devant un cottage pimpant dont le jardin était bordé d'une barrière blanche.

— Vous êtes arrivé, Gilbert...

Gilbert ne bougeait pas, cherchant à retarder le moment du départ. Axter prit la valise. Alors Gilbert se leva à regret.

— Ils ont de la chance, eux, d'habiter chez vous, dit-il d'une voix sifflante.

Axter posa la valise à l'entrée du jardin et serra la main de Gilbert, puis il rejoignit Odile et Louis dans le car.

Gilbert demeurait immobile, devant le cottage, sans

prêter attention à la valise. Son visage était d'une pâleur inquiétante et il dévorait des yeux Odile et Louis, les lèvres retroussées, jusqu'à l'instant où le car démarra. Louis fut étonné par l'expression de haine et d'envie de ce regard.

— Ce n'est pas un méchant garçon, mais il est un peu collant, dit Axter.

*

Le long d'une pelouse taillée ras et de massifs de rhododendrons, une allée sablée serpentait jusqu'à la maison, grosse villa de style anglo-normand que dominait un clocheton. Sur la porte d'entrée une plaque de marbre blanc portait cette inscription : BOSCOMBE COLLEGE.

— Nous sommes arrivés, dit Axter. Je vais vous montrer votre chambre.

Ils traversèrent un corridor. Des portes s'ouvraient sur des salles de classe.

— Les cours ont lieu ici, dit Axter. Chaque matin... Bien sûr, je ne vous oblige pas d'y assister...

Il faisait un clin d'œil à Odile et à Louis, et cela surprenait chez cet Anglais.

Ils montèrent l'escalier jusqu'au troisième étage. Axter ouvrit une porte. Ils suivirent de nouveau un couloir pour déboucher dans une chambre mansardée aux murs blancs, dépourvue du moindre meuble. On avait disposé à même le sol un matelas qu'enveloppaient des draps roses et une couverture de laine écossaise.

— Vous avez ici la salle de bains, dit Axter.

Un cagibi à la vitre opaque dotée d'un lavabo et d'une douche.

— Je pense que vous serez bien ici. Je viens d'aménager cet étage de la maison.

Il prit la valise d'Odile et le sac de Louis, ouvrit le placard de la chambre et commença à ranger leurs vêtements sur les étagères. Louis voulut le retenir.

— Non, non... please...

Odile et Louis échangeaient des regards étonnés. Axter disposait, dans un ordre impeccable, les chemises, les chandails, les robes, les pantalons.

— C'est amusant... Ça me rappelle Trinity College...

Quand il eut tout rangé, il sortit d'un geste du plus grand naturel les liasses de billets de banque que contenaient le sac et la valise.

Il les glissait au fur et à mesure dans un grand sac de plastique vert qu'il avait extrait de sa poche et déplié comme un mouchoir. Il se tourna vers Odile et Louis :

— Maintenant, nous pouvons téléphoner à Roland de Bejardy pour lui dire que tout s'est bien passé...

Le téléphone était fixé au mur, dans le couloir. Axter parlait en anglais. Il hochait la tête aux instructions que devait lui donner Bejardy.

— Cherrioo, Roland... *And give my regards to Nicole...*

Puis il passa le combiné à Louis.

— Apprenez bien l'anglais, lui dit Bejardy. Ça peut toujours servir dans la vie...

*

Le matin, vers neuf heures, ils étaient réveillés par les voix des élèves qui traversaient le jardin. Ces garçons et ces filles étaient plus d'une cinquantaine à fréquenter le Boscombe College et, parmi eux, Louis aperçut Gilbert, la pipe et le menton tendus. Il allait de groupe en groupe, vêtu d'un kilt écossais et d'un chandail à col roulé.

Odile et Louis auraient volontiers assisté aux cours mais il fallait se lever tôt, et ceux qui apprenaient l'anglais au Boscombe College, bien qu'ils eussent à peu près leur âge, leur semblaient des étrangers. Que leur dire ? Rien. Ils ne partageaient pas les mêmes préoccupations. La cloche sonnait trois coups pour annoncer une pause, et ces jeunes gens s'éparpillaient sur l'herbe des pelouses. Là, des couples s'embrassaient toujours d'une manière appliquée, comme s'ils chronométraient leurs baisers. Adolescence heureuse, propre et sûre d'elle-même. Axter faisait payer très cher les cours du Boscombe et recrutait sa clientèle dans les familles du septième ou du seizième arrondissement, à la rigueur chez de riches Français d'Algérie.

Tous deux restaient au lit et ils entendaient, serrés l'un contre l'autre, la voix grave d'un professeur dictant un texte en anglais. Et, de plus loin, leur parvenait le murmure d'une mystérieuse chorale qui répétait inlassablement la même chanson.

*

Tous ces jours-là, il faisait beau, et Odile et Louis déjeunaient souvent avec Axter dans la salle à manger du Boscombe College. Axter préparait lui-même la cuisine, dressait et desservait la table, ravi de se livrer à ces besognes ménagères en l'absence de sa femme qui passait quelques jours à Londres. Le Boscombe était l'ancienne villa de ses parents aujourd'hui décédés et, à sa sortie de Cambridge, il avait transformé cette villa en *college,* le seul moyen pour lui de conserver une maison qui lui rappelait tant de souvenirs d'enfance.

Où avait-il connu Bejardy ? Oh, tout à fait par hasard, au cours d'un voyage en France, à l'âge de vingt-cinq ans. Un ami américain lui avait présenté « Roland » qui dirigeait une péniche-restaurant sur la Seine du côté de Neuilly. Oui. C'était très drôle, cette « péniche-restaurant ». Mais Louis notait une certaine gêne chez Axter, chaque fois qu'il était question de Bejardy.

L'après-midi, ils sortaient tous les deux, Odile et lui, et suivaient l'avenue du Boscombe College, bordée de villas aux barrières blanches et aux taillis d'un vert sombre, presque noir. De temps en temps, un pin. Ils arrivaient à Fisherman's Walk, un carrefour où se groupaient quelques magasins. Il y avait là un salon de thé, haut de plafond, avec de grandes verrières et des tables minuscules, comme perdues dans une orangerie. Au bout d'une rue en pente, c'était la mer.

Une cabine téléphonique se dressait, rouge et solitaire, au milieu d'un rond-point qui dominait la plage, et à l'intérieur on marchait sur une couche de sable de quelques centimètres, mais le téléphone fonctionnait toujours et les Bottin étaient neufs. Un après-midi, Louis téléphona à Brossier en P.C.V. Il devait donner le numéro de la cabine et on le rappellerait au bout d'une demi-heure. Quand la sonnerie retentit dans ce paysage désolé, Louis et Odile sursautèrent. Une voix de femme : Jacqueline Boivin, la fiancée de Brossier.

— Je vous passe Jean-Claude...

Louis demanda à Brossier jusqu'à quelle date ils

pouvaient prolonger leur séjour à Bournemouth. Jusqu'à la semaine prochaine, dit Brossier. Lui aussi s'apprêtait à prendre des vacances avec Jacqueline. Où ? Eh bien, à la Cité universitaire, dans le quartier Deutsch de la Meurthe qui valait bien toutes les stations balnéaires et thermales d'Europe.

*

Des dunes au flanc desquelles poussaient des plaques d'herbe. Et au sommet de ces dunes, quelquefois, un banc. Sur l'un d'eux, ils déposèrent leurs vêtements et enfilèrent les peignoirs rayés que leur avait prêtés Axter. Ils coururent jusqu'à la mer. L'eau était glacée mais ils avaient gagné leur pari, Axter les ayant mis au défi de se baigner à Bournemouth au mois d'avril.

Ils remontèrent par la route jusqu'à Fisherman's Walk, leurs deux peignoirs roulés dans un sac de plage. Le vent soufflait assez fort. Ils entrèrent dans le salon de thé aux dimensions d'orangerie pour y boire un grog.

Et s'ils restaient là quelques mois ? Axter leur trouverait un petit hôtel ou peut-être continuerait-il de leur accorder l'hospitalité. Ils avaient oublié Paris. Et ils étaient contents d'entendre aux tables voisines une langue étrangère qu'ils connaîtraient bientôt et parleraient entre eux, avec l'impression de commencer une nouvelle vie.

*

Ils avaient rencontré, au bout du chemin des dunes de Boscombe, un homme vêtu d'un imperméable bleu marine et coiffé d'une casquette à carreaux. L'homme leur avait adressé la parole mais ils ne comprenaient pas très bien ce qu'il disait. Il leur demanda s'ils étaient des « étudiants français ». Sur leur réponse affirmative, il brandit une carte d'identité barrée de violet et prononça à plusieurs reprises les mots *detective cinema,* voulant sans doute leur indiquer sa profession. Puis il leur offrit une dizaine de billets. Des places gratuites, pour plusieurs films. Ils n'eurent pas le temps de le remercier. Il s'éloignait déjà, son imperméable trop grand pour lui secoué par le vent comme une oriflamme.

La salle de cinéma se trouvait à Christchurch, un faubourg de Bournemouth assez proche du Boscombe College, et la séance commençait à neuf heures et demie du soir. Ils traversaient le pont sur la Stour, une rivière bordée de prairies dont les herbes, au crépuscule, prenaient une teinte bleue. Au bord de l'eau, à la sortie du pont, s'étendait un jardin avec un kiosque à musique, des baraques où l'on pouvait tirer à la carabine et jouer aux machines à sous, et de petites buvettes devant les pontons, auxquels étaient amarrées des barques qu'on louait pendant la journée.

Plus tard, dans le souvenir de Louis, ce parc d'attractions, la rivière, le bruit des machines à sous furent associés à l'odeur de lavande d'Odile, qui avait découvert une bouteille de ce parfum au fond du placard de leur chambre du Boscombe College. Un haut-parleur diffusait des chansons et des musiques. Devant les baraques, se pressaient des groupes aux vestes de cuir noir, ceux qu'on appelait les « Teddy Boys ». Et l'on entendait leurs disputes et leurs rires avant même de traverser le pont.

Seule à une table de la buvette principale, dans la demi-pénombre, était assise une fille qui portait elle aussi un blouson de cuir noir. Une rousse au nez irlandais, retroussé du bout. Son cou s'ornait d'une grande chaîne où étaient enfilées une vingtaine de gourmettes. Un soir, elle montra à Odile et à Louis ces reliques. Elles portaient des prénoms gravés : Jean-Pierre, Christian, Claude, Bernard, Michel... Les gourmettes avaient appartenu à des Français qu'elle avait aimés à Bournemouth, la nuit, sous la jetée. Les autres, les Teddy Boys, ne lui adressaient pas la parole et la traitaient comme une pestiférée. Mais était-ce sa faute si elle aimait les Français ?

*

Quand ils entraient dans le cinéma, l'homme à l'imperméable bleu se tenait, très raide, près de la caisse. Il les guidait lui-même, une lampe électrique à la main, jusqu'à leurs places. Il n'y avait jamais beaucoup de spectateurs sur les sièges de bois brun foncé de la salle.

Pendant la projection du film, l'homme faisait les cent pas le long de la travée du milieu, toujours coiffé de sa casquette. Il s'asseyait de temps en temps, mais chaque fois à une place différente et regardait autour de lui. À la fin du film, il se postait de nouveau devant la caisse et dévisageait les spectateurs un par un, saluant d'un geste de la tête Odile et Louis. Ils auraient dû le questionner à ce moment-là au sujet de son travail de *detective cinema* mais l'air grave et soucieux de cet homme les intimidait. Louis voulait même lui offrir un cadeau pour le remercier de ses billets de faveur.

Ils ont demandé à Axter ce que pouvait bien signifier *detective cinema*. Axter l'ignorait totalement et c'était la première fois qu'il entendait parler de ce corps de métier.

*

À leur retour au Boscombe College, la grande fenêtre du rez-de-chaussée était souvent allumée. Un soir, Axter, qui les avait vus traverser le jardin, leur fit un signe au moment où ils montaient l'escalier et les invita à prendre un verre.

Ils pénétrèrent dans un salon très vaste meublé de fauteuils et de canapés en cuir. Leurs pas s'enfonçaient dans un tapis en laine. Aux murs, des tableaux représentaient des scènes de chasse et une gravure attira l'attention de Louis : les membres d'une famille groupés autour d'une diligence, et à l'intérieur de celle-ci un jeune garçon mélancolique. Cette scène s'appelait : *Le Départ pour le collège.*

— Ma femme, dit Axter.

Elle était assise en compagnie d'une autre femme, sur l'un des canapés. Une blonde massive au visage sévère et aux yeux bleus, qui paraissait beaucoup plus âgée qu'Axter.

— Louis et Odile Memling.

Axter avait toujours feint de croire qu'ils étaient frère et sœur.

— Enchantée..., dit-elle en français.

Elle leur souriait distraitement.

— Je vous présente aussi la femme de mon ami Harold Howard.

Celle-ci leur jeta à peine un regard. Elle était aussi grande que Mme Axter, avec des cheveux bruns très courts, un visage carré et viril. Elle plantait, par saccades, un fume-cigarette entre ses dents. Les deux femmes poursuivirent leur conversation sans plus prêter attention à Odile et à Louis. Axter, gêné de leur froideur, toussota. Louis, pour garder une contenance, admirait la gravure.

— C'est beau...

— Mais c'est triste aussi, ce départ pour le collège, vous ne trouvez pas ? dit Axter. Moi, figurez-vous, il m'arrive encore de rêver que je dois partir pour le collège... À mon âge, vous vous rendez compte...

— Michel est un sacré sentimental, dit une voix derrière eux dans un français presque parfait.

Ils ne l'avaient pas entendu venir et se retournèrent tous les trois.

— Je vous présente mon ami Harold Howard.

Un colosse roux au visage taché de son, vêtu d'un chandail grenat à col roulé, d'une veste de gros tweed et d'un pantalon de velours vert très ample.

— Howard est un vieux camarade de Trinity College...

Axter les entraîna vers la partie du salon la plus éloignée de celle où bavardaient les deux femmes. Howard prit place dans un fauteuil et appuya ses longues jambes au rebord de la fenêtre.

Axter se pencha vers lui.

— J'ai reçu une carte postale de Guy Burgess, lui dit-il à voix basse, en français.

— Guy ? Non... Ce n'est pas possible !... dit Howard stupéfait.

Axter jeta un regard furtif en direction des deux femmes comme s'il devait leur cacher cet événement important. Puis, sortant de la poche intérieure de sa veste la carte postale, il la tendit à Howard. Celui-ci la contempla longtemps l'air bouleversé.

— *Wonderful old boy !* Il doit être malheureux là-bas...

— Tu sais bien que Guy a toujours voulu être malheureux, dit Axter.

Sous le coup de l'émotion, Howard passait machinalement la carte postale à Louis. Une vue d'un jardin public, à Moscou. Au dos de la carte, ces simples mots :

> With kind regards
> from
> GUY

Il remit la carte à Axter qui l'enfouit dans sa poche. Bien des années plus tard, au *Sunny Home*, Louis lisait les aventures de Burgess et de ses amis, et ce nom, Guy Burgess, suffisait pour lui faire retrouver toute l'atmosphère de Bournemouth, les rhododendrons, la plage de Boscombe, la fraîcheur du lierre, le *detective cinema*, le parfum de lavande d'Odile.

— Nous allons boire à la santé de Guy, déclara Axter. *What is your poison ?*

— Cela veut dire : qu'est-ce que vous buvez ? dit Howard.

Mais Axter leur servait d'office, dans des verres

minuscules, une liqueur aux reflets grenat, en harmonie avec le chandail de Harold Howard.

— À la santé de Guy! dit gravement Axter.

— À la santé de Guy! répéta Odile en riant.

— Au vieux Guy! dit Harold.

Ils trinquèrent.

— Guy était notre grand aîné de Dartmouth et de Cambridge, dit Axter.

Harold considérait Odile et Louis avec un sourire engageant.

— Et qu'est-ce que vous faites dans la vie?

— Pas grand-chose, dit Louis.

— Ils sont encore trop jeunes pour faire quelque chose de mal dans la vie, dit Axter.

Odile éclata de rire.

— Ou de bien, dit-elle.

Axter et Howard avaient sorti, d'un geste presque synchronisé, leurs pipes de leurs poches. Axter bourrait la sienne tandis que Harold ne cessait de dévisager Odile et Louis.

— Oui... c'est vrai..., dit Axter, songeur. Vous êtes encore des enfants...

La lumière de la lampe éclairait violemment Odile et Louis, et, sur le canapé, ils étaient très rapprochés l'un de l'autre. Axter et Harold les observaient. Deux papillons immobiles, cloués sur un tissu et contemplés par des amateurs.

Harold et Axter avaient maintenant chacun leur pipe à la bouche. On entendait à peine le chuchotement des femmes qui bavardaient à l'autre extrémité du salon. Peut-être profitaient-ils de l'éloignement de leurs épouses pour se détendre et se mettre à l'aise, comme ils en avaient jadis l'habitude dans leur chambre de Trinity College. Axter avait ouvert le col de sa chemise et laissait pendre son mollet par-dessus l'un des accoudoirs du fauteuil. Harold Howard appuyait toujours ses jambes contre le rebord de la fenêtre, et ses chaussettes de laine beige trop larges glissaient lentement sur ses chevilles.

— Vous devriez un peu visiter l'Angleterre... Si vous voulez, Michael et moi, nous pourrions vous emmener faire une balade, dit Harold. N'est-ce pas, Michael? Par exemple, nous pourrions vous faire visiter Cambridge...

— Avec plaisir. Mais je crois qu'ils doivent retourner en France...

Oui, ils devaient partir le surlendemain. Un désarroi envahissait Louis. Qu'allaient-ils faire à Paris? Il éprouva le besoin de se confier à ces deux Anglais et même de leur demander conseil. Jamais personne ne leur avait donné des conseils, à Odile et à lui. Ils étaient seuls au monde.

— Vraiment? Vous devez partir? demanda Harold.

Et il vida sa pipe d'un coup nerveux contre le talon de sa chaussure.

— Pourquoi devez-vous partir?

Louis fut frappé par la déception enfantine mais aussi par l'inquiétude et la tendresse qui passèrent dans le regard de Harold Howard. Elles contrastaient étrangement avec sa carrure de colosse, le tweed rêche, le velours côtelé, l'âcre odeur de pipe dont il était enveloppé.

*

Axter les accompagna à Southampton dans le car avec lequel il était venu les chercher. Assis tous les trois au fond de ce car vide, ils ne parlaient pas. Axter fumait pensivement une pipe. Le temps était maussade.

Le car vint se ranger sur le quai d'embarquement, devant le hangar de la douane. Axter portait leurs bagages, qu'il présenta lui-même aux douaniers. Au moment où ils allaient embarquer sur le *Normania*, il retint Louis par l'épaule :

— Vous devriez quand même être prudent avec Roland... Ne pas vous laisser entraîner... C'est un garçon charmant, mais aussi un... un...

Il cherchait le mot.

— Une espèce d'aventurier...

Ils s'accoudèrent au bastingage en attendant le départ. Axter, debout sur le marchepied du car, la pipe à la bouche, leur faisait de grands gestes d'adieu, des deux bras.

*

Bejardy et Nicole Haas les attendaient au Havre, à la sortie de la douane. Il était près de huit heures du soir et la nuit tombait.

— Vous avez fait bon voyage ? demanda Bejardy d'une voix molle.

Nicole Haas leur souriait sans rien dire. Ils prirent place tous les deux sur la banquette arrière de la voiture de Bejardy. Celui-ci se mit au volant et Nicole Haas s'assit à côté de lui.

Il conduisait rapidement et paraissait nerveux. Nicole Haas et lui n'échangeaient aucune parole, comme s'ils venaient de se fâcher. Bejardy avait tourné le bouton de la radio dont il augmentait de temps en temps le volume.

— Alors, Roland, vous avez pris une décision? demanda Nicole Haas.

— Je ne sais pas, Coco... Peut-être l'auberge de Verneuil, non? Qu'en penses-tu?

Elle ne répondit pas. Bejardy se tourna vers Odile et Louis.

— Vous êtes certainement fatigués par le voyage... C'est idiot que vous fassiez encore trois heures de route... Nous pourrions nous arrêter dans une auberge... À moins que vous ne préfériez rentrer directement à Paris...

Sans répondre, Louis prit la main d'Odile qu'il serra. Ils sentaient bien qu'ils n'avaient pas leur mot à dire. Et de toute façon, Bejardy augmenta encore le volume de la radio.

*

Ils dînaient. Nicole Haas n'avait pas voulu entrer dans la grande salle à manger déserte de l'auberge, et Bejardy avait choisi une table près du bar.

Visiblement, elle boudait Bejardy, mais se montrait très aimable avec Odile et Louis.

— Et Axter? Il va bien? demanda Bejardy.

— Que pensez-vous d'Axter? demanda aussitôt Nicole Haas, comme si elle voulait qu'on répondît à sa question et non pas à celle de Bejardy.

— Très sympathique, dit Louis. Quand vous l'avez connu, il paraît que vous dirigiez un restaurant sur une péniche, à Neuilly?...

— Ah... Il vous a raconté ça? dit Bejardy, l'air gêné.

— Tu avais une péniche, Roland? demanda Nicole Haas, ironique. Toi? Une péniche?

— Non... Nous avions monté un restaurant sur une péniche avec Brossier, dit Bejardy. Du côté du Bois de Boulogne...

— Et la péniche? qu'est-ce que tu en as fait?

— Elle appartenait au Touring Club de France, dit Bejardy, exaspéré.

— J'aurais bien voulu te voir sur cette péniche... Tu portais une casquette d'amiral?

Et Nicole, du même geste nonchalant que la première fois, à Paris, allumait une cigarette avec ce briquet Zippo qui avait tant surpris Louis.

— Axter est un vrai Anglais, dit-elle. Vous avez vu sa femme aussi?

— Oui.

— On dirait que c'est sa mère, vous ne trouvez pas?

— Pourtant ils ont le même âge, dit sèchement Bejardy.

— Oh, non... Il doit y avoir autant de différence d'âge entre Axter et sa femme qu'entre toi et moi...

Bejardy haussa les épaules. Il avait du mal à garder son calme. Odile considérait tour à tour Bejardy et Nicole, d'un air intéressé.

— Vous ne trouvez pas qu'il fait plus vieux que moi? demanda Nicole à Odile, en désignant Bejardy.

Odile ne savait quoi répondre. Louis baissait la tête.

— Non, je ne trouve pas, dit Odile timidement.

— Elle est gentille, au moins..., dit Nicole. Et bien élevée.

— Beaucoup mieux élevée que toi, Coco..., dit Bejardy.

Son visage était redevenu lisse et il avait pris Nicole par la main. Louis pensa que cela l'amusait, au fond, que Nicole le maltraitât devant les autres. Un jeu entre eux ?

— Je n'ai jamais rencontré quelqu'un qui ait un aussi mauvais caractère que Coco, dit Bejardy en lui caressant la main.

Louis regardait le briquet Zippo que Nicole avait posé sur la table. Il le saisit, l'alluma, et contempla la fumée noire que dégageait la flamme.

— Quand j'étais au collège, je rêvais d'avoir un briquet comme ça...

— Vraiment ? demanda Nicole. Alors je vous le donne...

Elle lui souriait et ce sourire était si doux, si compréhensif que Louis eut l'impression que leurs visages auraient pu se rapprocher à ce moment-là, et leurs lèvres se joindre.

— Si, si... Je vous le donne, ce briquet...

*

Deux chambres avaient été réservées pour la nuit dans une annexe de l'auberge, de l'autre côté du jardin. Au moment où ils quittaient le bar, Bejardy prit le bras de Louis et l'attira en arrière.

— Je vous remercie pour le service que vous m'avez rendu. Nous en reparlerons à Paris. Vous savez, Louis, votre commission vous attend...

— Oh... ce n'est pas la peine... vraiment...

Il aurait même été soulagé que Bejardy oubliât de lui verser cette commission.

— Si... Si... Vous avez besoin d'argent de poche.. À votre âge...

Ils rejoignirent Odile et Nicole Haas qui avaient traversé le jardin. Une lanterne accrochée à la façade de l'annexe guidait leurs pas.

On accédait à l'étage par un escalier extérieur et les chambres s'ouvraient sur une galerie bordée d'une balustrade de bois vert.

— Bonne nuit.
— Bonne nuit.

Ils occupaient des chambres voisines.

*

Vers deux heures du matin, Louis et Odile furent réveillés par des voix qui étaient celles de Bejardy et de Nicole Haas. D'abord, ils ne comprirent pas ce qu'ils disaient. Bejardy parlait sans être interrompu et Louis pensa qu'il lisait quelque chose ou s'entretenait avec quelqu'un au téléphone.

— Salaud! criait Nicole Haas.
— Tais-toi!

Un objet se brisait par terre.

— Tu es folle! Tu vas réveiller tout le monde!
— Je m'en fous!
— Tu crois qu'ils vont se battre? dit Odile.

Elle appuyait sa tête au creux de l'épaule de Louis. Ils ne bougeaient pas.

— Tu peux garder ton fric! hurla Nicole Haas. Je prends la voiture et je rentre à Paris!
— Ça suffit maintenant!

L'un des deux giflait l'autre. Le bruit d'une bousculade.

— Escroc! Escroc! Tu n'es qu'un escroc minable!
— Tais-toi!
— Assassin!
— Coco...

Il devait la bâillonner de la main, puisqu'on entendait sa voix, étouffée, comme une plainte.

— Salaud! Salaud!
— Allez, sois gentille... sois gentille, Coco...

Ils parlaient plus bas. Ils riaient brusquement. Le silence. De temps en temps, elle poussait un gémissement, de plus en plus saccadé.

Odile et Louis restaient immobiles, les yeux grands ouverts. Au plafond, jouaient des reflets en forme de treillage.

— Je me demande ce qu'on fait là, dit Louis.

Depuis quelques instants, dans cette chambre, il éprouvait ce même sentiment de dépendance et d'étouffement qui avait été le sien au collège et à l'armée. Les jours se succèdent et on se demande ce que l'on fait là, et l'on a peine à croire que l'on ne restera pas toujours prisonnier.

— On devrait partir, dit Odile.

Partir. Mais oui. Bejardy n'avait aucune prise sur lui. Aucune. Il n'avait pas de comptes à lui rendre. Rien ni personne n'avait eu de prise sur lui. Même la cour du collège et celle de la caserne lui semblaient maintenant irréelles et inoffensives comme le souvenir d'un square.

Place Jussieu, comme le soir était tiède, Brossier les attendait à l'une des tables de la terrasse. À l'arrivée d'Odile et de Louis, il se leva et leur donna l'accolade. Ce geste était empreint d'une tendresse inhabituelle de sa part.

Il avait bien changé depuis leur départ en Angleterre... Il portait un vieux survêtement de sport bleu ciel, des chaussures de basket-ball et sur son visage amaigri, commençait à pousser une barbe qu'il palpait de temps en temps.

— Louis... J'ai une grande nouvelle à vous annoncer... Je ne travaille plus avec Bejardy... Fini...

Il guettait les réactions de Louis et d'Odile, l'air triomphant.

— Et qu'est-ce que vous allez faire? demanda Odile.

— Écoutez... je n'ai jamais été aussi heureux...
Il avait gonflé la poitrine

— Voilà... Je me suis inscrit à la faculté des sciences en qualité d'auditeur libre... Ce qui me permet de me sentir encore plus près de Jacqueline... Nos cours sont dans le même bâtiment, quai Saint-Bernard...

— Mais vous avez complètement rompu avec Bejardy ? demanda Louis.

— Complètement. Je ne veux plus le voir. J'ai fait table rase de toute une période de ma vie. Je suis un tout autre homme, maintenant, Louis...

Entre le voyageur de commerce au visage bouffi que Louis avait connu à Saint-Lô et cet homme, dans son survêtement, les yeux brillants et les joues hâves, il ne subsistait plus le moindre air de famille. Avait-il conservé ses chapeaux tyroliens ?

— Excusez-moi, dit Brossier. Je suis dans une drôle de tenue... Je sors d'une salle de gymnastique où je vais une fois par semaine...

— Et moi ? dit brusquement Louis. Je vais rester seul avec Bejardy ? Vous me laissez tomber ?

— Mais non... mais non... J'espère bien que vous suivrez mon exemple... Jacqueline ne va pas tarder... Elle avait un cours un peu plus long, ce soir...

Il eut un geste large qui balayait la place, devant lui.

— J'adore ce quartier de Jussieu... Nous ne le quittons jamais, Jacqueline et moi, en dehors de la Cité universitaire...

La place, avec ses arbres, était celle d'une ville de province. Quelques personnes au bord du trottoir jouaient aux boules. Dans le café-tabac voisin, éclata une musique de juke-box.

— Il faudrait que je vous fasse visiter le quartier... Vous avez le jardin des Plantes, tout près... Et les arènes de Lutèce où Jacqueline m'emmène de temps en temps... Quand nous n'allons pas au Restau U ou au réfectoire de la Cité, nous dînons dans un petit restaurant mexicain à côté des arènes de Lutèce... Un soir, nous irons ensemble, si vous voulez...

Sa voix ne grasseyait plus, elle était animée d'une ferveur qui la rendait claire et mélodieuse. Il avait renoncé à son vocabulaire habituel, et des mots d'argot, comme « merlan, fifrelins, jonc, peau de balle », qui émaillaient jadis sa conversation, auraient sonné faux maintenant dans sa bouche.

Jacqueline Boivin s'était assise à leur table, un cartable d'écolier sur ses genoux, et sa grâce d'Éthiopienne émerveillait Louis.

— Ça s'est bien passé, ton cours ? demanda Brossier en l'embrassant sur le front.

— Très bien.

Elle se tourna vers Odile et Louis.

— Je suis contente de vous revoir. Jean-Claude vous a expliqué ?

Son regard quêtait une approbation.

— Je trouve qu'il a eu raison, dit Louis.

— Vous nous accompagnez à la Cité universitaire ? proposa Brossier. Nous pourrons manger un morceau là-bas. Jacqueline, je te porte ton cartable...

Ils passaient devant le lycée Henri-IV, puis l'église Saint-Étienne-du-Mont et débouchaient sur la place du Panthéon, Jacqueline Boivin au bras de Brossier et celui-ci le cartable à la main.

— Vous connaissez ce quartier ? demanda Brossier.

— Non, dit Odile. Je n'ai pas été étudiante.

— Il n'est jamais trop tard pour le devenir... La preuve...

Il se désignait lui-même du doigt et embrassait Jacqueline Boivin dans le cou.

— Il ne reste plus qu'à remplir les formulaires d'inscription, dit Louis.

Rue Soufflot, plusieurs groupes, devant les terrasses

du *Mahieu,* poursuivaient des conversations animées en dérivant de gauche à droite. Brossier, immobile, serrait Jacqueline Boivin contre lui. À côté d'eux, Odile et Louis se laissaient bousculer par ces grappes humaines et entraîner dans leur flot. Heureusement, Brossier les retint d'une main ferme.

— À droite, boulevard Saint-Michel, dit-il, de la voix sentencieuse d'un guide, vous avez *Capoulade*... Ensuite, la librairie Picart où nous allons souvent avec Jacqueline... Et Chanteclair, le marchand de disques... Plus bas, Gibert, où je vends quelquefois de vieux bouquins pour avoir un peu d'argent de poche... Et le *Café de Cluny*... Au premier étage du *Café de Cluny,* il y a des joueurs de billard...

Sa voix s'essoufflait comme s'il était pris d'une panique soudaine à l'idée que le temps manquait pour leur faire découvrir les charmes multiples du quartier. Et qu'une vie n'y suffirait pas.

Gare du Luxembourg, ils attendaient, assis sur les bancs, l'arrivée du train de la ligne de Sceaux.

— Vous devriez suivre mon exemple, Louis, et rompre définitivement avec Roland... Vous avez certainement de l'influence sur lui, Odile... Il ne faut plus qu'il travaille avec Bejardy...

Dans le train qui les emmenait vers la Cité universitaire, Brossier pressait tendrement Jacqueline Boivin contre son épaule.

— Je vais vous parler franchement, Louis... Roland est un homme aux abois... Quittez le navire avant qu'il ne coule...

— Vous le connaissez depuis longtemps ? demanda Louis.

Il sentait que les questions auxquelles Brossier

donnait des réponses floues jusqu'à présent, il pouvait les lui poser de nouveau et que Brossier lui fournirait tous les éclaircissements et les détails les plus précis, maintenant qu'entre lui et Bejardy, c'était fini.

— J'ai connu Roland juste après la guerre... Cela va faire presque vingt ans...

— Il paraît qu'à une époque vous avez monté un restaurant sur une péniche? dit Louis.

— Ah oui... *La Goélette de Longchamp*... Qui vous a parlé de ça? Une véritable catastrophe... Roland avait voulu que les serveurs soient en costumes de gardians...

Il embrassait Jacqueline. Un baiser mutin sur la joue.

— Ça ne t'ennuie pas, chérie, ces histoires d'anciens combattants?

Jacqueline haussa gentiment les épaules et jeta à Odile un regard complice. On était arrivé à la station Denfert-Rochereau.

— J'ai connu Roland quand j'avais dix-huit ans... Il était mon aîné de cinq ans...

Il se pencha vers Louis.

— Le drame de Roland pourrait tenir en une seule phrase : « Je veux, mais je ne peux pas... » Excusez-moi, mais je vais être très grossier : Roland a toujours pété plus haut que son cul...

Ça, c'était le Brossier de Saint-Lô.

Ils descendirent à la station Cité universitaire. Devant eux, un jeune garçon poussait du pied un ballon de football. Brossier lui fit une feinte et réussit à dribbler jusqu'à l'escalier sans que le jeune garçon puisse récupérer son ballon. Il était ravi de cet exploit.

— On mange un morceau chez le Turc? dit Brossier. C'est un peu plus bas...

Ils suivaient le boulevard Jourdan vers le stade Charléty. Des néons bleus et roses éclairaient une sorte de comptoir vitré au milieu du trottoir, sous les arbres. Quelques tables, autour.

— Quatre club-sandwiches et quatre grandes blondes à la pression, commanda Brossier au patron.

Le vent leur apportait les odeurs du parc Montsouris, et, comme la nuit était claire, ils apercevaient au bout de la grande pelouse le palais du bey de Tunis En face d'eux, de l'autre côté du boulevard désert, le pavillon de Grande-Bretagne dont Brossier avait dit qu'il aimait le hall lambrissé. À la station, un peu plus haut, partait de temps en temps un autobus vide.

— Qu'est-ce que vous allez faire tous les deux pour les vacances? demanda Brossier.

Lui et Jacqueline avaient décidé de rester les mois de juillet et d'août à Paris. Le matin, ils prendraient des bains de soleil sur la pelouse de la Cité universitaire. Et l'après-midi, ils joueraient les touristes. Ils iraient visiter les Invalides, le Louvre, la tour Eiffel, la Sainte-Chapelle. Le soir, ils dîneraient sur le bateau-mouche. Peut-être s'aventureraient-ils jusqu'à Versailles en se glissant dans un car de « visites organisées » et assisteraient-ils à un « son et lumière » au bord du bassin de Neptune?

— Ça m'amuse beaucoup de faire tout ça pour les vacances, dit Jacqueline. Vous devriez venir avec nous...

— Le principal, dit Brossier, c'est que nous choisissions des visites organisées... Nous serons pris complètement en main... avec des guides... Vous comprenez, Louis... Des guides...

Il insistait là-dessus. Oui, depuis quelque temps, il éprouvait un besoin vital d' « organisation » et de « guides ».

Mais Louis voulait à tout prix savoir comment Brossier avait connu Bejardy.

— Reprenons depuis le début, dit Brossier. J'ai donc connu Roland juste après la guerre dans une pension de famille de Neuilly qui s'appelait *Les Marronniers*... Il habitait là avec sa mère et sa fiancée de l'époque... une Anglaise...

Et lui, Jean-Claude Brossier, gros jeune homme de dix-neuf ans, il débarquait de Normandie et s'était inscrit à l'école Boulle. Mais il avait vite oublié l'école Boulle pour se laisser vivre à leur rythme à eux. On faisait des balades en voiture, quelquefois jusqu'à Deauville, on allait aux courses et le soir on jouait au bridge avec Mme de Bejardy dans le petit salon des *Marronniers*. Roland avait gagné la Médaille militaire en Allemagne et se lançait dans les affaires. Et Hélène, la fiancée de Roland... Elle était si paresseuse, Hélène... Un jour qu'ils avaient ramené à la pension un paquet de café, chose rare en cette période de restrictions, Hélène avait poussé un soupir à la perspective qu'elle devrait moudre ce café.

Jacqueline Boivin mordait sagement dans son sandwich. Odile avait une cigarette aux lèvres, que Louis allumait avec le briquet Zippo. Et Brossier ? Il semblait triste, tout à coup, d'évoquer ces souvenirs lointains. Les traits de son visage se tirèrent et Louis regretta de lui avoir posé des questions.

— Oui, j'étais venu de Normandie pour faire l'école Boulle...

Il était de plus en plus pâle, comme s'il se rendait compte que le cartable qu'il tenait sur ses genoux, son survêtement de sport et sa qualité d'étudiant, Jacqueline Boivin elle-même avec sa jupe grise plissée et son twin-set beige, ne suffisaient plus à le protéger contre le temps qui passe et l'indifférence du monde.

*

De nouveau, Louis montait la garde dans le garage de la rue Delaizement, le matin et l'après-midi. Ou bien il déposait des plis à Paris et en banlieue, comme il le faisait avant le départ pour l'Angleterre.

Il avait refusé sa commission, en dépit de l'insistance de Bejardy et, quand celui-ci lui expliqua d'une voix faussement détachée que des déménageurs viendraient prendre les meubles et les dossiers du garage, Louis sentit souffler un vent de déroute. Mais il n'osa poser aucune question.

— Je liquide le garage, lui dit Bejardy.

Il était déjà vide. Les voitures américaines avaient disparu... Et les Mercedes aussi. Seule demeurait une vieille Simca grise aux pneus crevés, tout au fond, mais elle n'avait jamais bougé de place.

Un après-midi, il aida Bejardy à transporter des dossiers près de cette Simca, là où s'élevait, contre le mur, une cheminée de brique. Bejardy y disposa quelques bûches. Il ouvrait les dossiers un par un, jetait les feuillets au fur et à mesure dans les flammes et remuait les cendres à l'aide d'une longue tige de fer.

— Le feu purifie tout, dit-il pensivement.

— Alors, Brossier ne travaille plus avec vous? demanda Louis.
— Comment le savez-vous?
— Je l'ai rencontré l'autre jour.

Bejardy consultait un dossier, assis sur le marche-pied de la vieille Simca. Il leva la tête.

— Je crois qu'il est amoureux. Qu'est-ce que vous voulez que j'y fasse?...
— Il m'a expliqué qu'il vous connaissait depuis longtemps...
— Oui, nous sommes des amis... presque d'enfance..., dit Bejardy d'un ton évasif.
— Il paraît que vous vous êtes connus juste après la guerre, dans une pension de famille de Neuilly?

Une inquiétude passa dans le regard de Bejardy.

— Et qu'est-ce qu'il vous a dit d'autre?
— Rien. Que vous habitiez là, avec votre mère.
— Ah... il vous a parlé de maman?

L'ébauche d'un sourire. Puis son visage se rembrunit.

— Vous savez, j'ai toujours traîné Brossier derrière moi... toute ma vie... Ça arrive souvent, ces choses-là...

Il se leva et alla jeter plusieurs feuillets dans la cheminée.

— Il m'a déclaré que, maintenant, il voulait essayer de faire sa vie à lui, mon cher Louis...

Il eut un bref éclat de rire qui ressemblait à une toux.

— Seulement, il est trop vieux... Je suis sûr qu'un jour ou l'autre, il viendra me retrouver... La queue basse... Mais moi je ne serai plus là...

Les rayons de soleil traversaient la verrière du fond et dessinaient une grande tache sur le sol. Louis et

Bejardy se tenaient assis au milieu de cette tache, comme des promeneurs qui font halte dans une clairière. Le feu crépitait.

— Je liquide mes affaires ici, dit Bejardy. Mais j'aurai encore une fois besoin de vous, mon cher Louis...

*

Il rejoignit le quai Louis-Blériot par une rue transversale et entra dans l'immeuble, le cabas vert à la main. Bejardy lui ouvrit.

— Vous avez bien pris tous les dossiers qui restaient ?

— Oui.

Bejardy examina rapidement les dossiers empilés dans le cabas.

— Donnez-moi ça...

Il précéda Louis. Étrange silhouette de dos, avec ce cabas, comme au retour du marché.

Dans le salon, Louis s'aperçut que des meubles manquaient. Il ne restait plus que le grand canapé et deux fauteuils. On avait vidé les rayonnages de leurs livres, qui étaient rangés en piles contre le mur.

— Je vais aussi liquider l'appartement, dit Bejardy. Si les livres vous intéressent...

Ils s'approchèrent du canapé. Nicole Haas, en pantalon de cheval, était allongée et dormait. Sa joue reposait sur le bras du canapé, et Louis fut ému par ce visage lisse et cette bouche entrouverte. Bejardy lui tapa doucement sur l'épaule. Elle ouvrit les yeux et, à la vue de Louis, elle se redressa.

— Excusez-moi...

— Ce n'est pas grave, chérie.

Par les portes-fenêtres entrouvertes, le vent gonflait les rideaux de gaze, comme le jour où Odile et Louis avaient rencontré ici Nicole Haas pour la première fois.

— Tu devrais profiter du beau temps, Coco..., dit Bejardy. Qu'est-ce que tu vas faire cet après-midi?

— Je dois aller voir les chevaux.

— Louis peut t'accompagner en voiture. Moi, il faut que je reste là... j'ai du travail...

Le téléphone sonna et Bejardy se dirigea vers l'autre bout de la pièce pour répondre. Louis s'était assis en face de Nicole Haas. Elle ne disait rien mais elle lui souriait, le visage encore un peu ensommeillé. Et ce sourire, ces yeux clairs fixés sur lui, l'ondulation rêveuse des rideaux sous le vent, le bruit de moteur d'une péniche, tout cela composait l'un de ces instants dont il reste le souvenir.

*

À Neuilly, rue de la Ferme, elle lui dit de s'arrêter devant une maison basse dont tout le rez-de-chaussée était occupé par un bar, le *Lauby*. Murs boisés. Demi-pénombre. Photographies de chevaux et de cavaliers. Étriers. Cravaches. Odeur de cuir.

Un homme, à l'une des tables, se leva et vint baiser la main de Nicole Haas. Il était en tenue de cheval lui aussi, de petite taille, très raide, la moustache et les cheveux noirs, l'air d'un mannequin de cire. Les mots se bousculaient dans sa bouche, il s'attardait sur une syllabe, en avalait une autre, laissait la suivante en suspens, et imitait si bien l'élocution saccadée de certains Anglo-Saxons qu'on finissait par se demander s'il parlait français. Louis apprit, par Nicole Haas, que cet homme était marquis, et qu'à l'occasion d'un long séjour en Amérique il avait épousé une actrice de cinéma dont il devint le « manager ». De retour en France, il avait pris la direction du manège, en face du *Lauby*. Et la seule chose qu'il eût ramenée d'Amérique, c'était la qualité de « manager » qui figurait sur ses cartes de visite et à laquelle il tenait plus qu'à son titre de noblesse.

— Alors, vous nous laissez encore vos chevaux quelque temps, Nicole ?

— Oui. Encore un mois.

— Et ensuite l'Argentine ? C'est décidé, dites-moi ?

— Je ne sais pas.

— Il faudra me prévenir à temps... J'ai de très bons amis là-bas. Dodero, Gracida... Pierre Eyzaguirre... Non, non... Celui-là, il est chilien... On les confond, tous ces gauchos...

La voix du marquis avait pris un ton très aigu en citant les noms de ses amis.

— Quelque chose à boire ? Vous voulez ? Scotch ? Café ? Thé ? Dites-moi.

Il agitait ses mains en de curieux moulinets, comme s'il était gêné par ses manchettes.

— Vous montez à cheval ?

— Non, dit Louis.

— Pourquoi ?

— Il n'en a pas eu encore le loisir, dit Nicole Haas.

— Il faut vous y mettre, dit gravement le marquis.

Ils quittèrent le *Lauby* et passèrent la porte du manège.

— Je vous laisse, dit le marquis. Je dois donner une

leçon d'équitation à la fille de Robert de Unzue... À très bientôt, Nicole... Et pour l'Argentine, dites-moi, hein?... Il faut que je sache pour la pension des chevaux...

Le marquis les salua d'un geste sec de la main, et ils traversèrent la cour sablée en direction des écuries. Nicole Haas voulait montrer ses chevaux à Louis. Elle en avait deux, un blond pommelé et un bai, qui penchaient leurs têtes à l'extérieur du box et dont elle caressa le front.

Au-dessus des écuries, une sorte de pigeonnier recouvert de lierre.

— J'ai une chambre, là-haut... Vous voulez la voir?

Ils montèrent par un escalier minuscule en colimaçon. Nicole Haas ouvrit la porte. Une petite chambre tapissée de toile de Jouy, avec un lit étroit recouvert de velours bleu pâle.

— Je viens souvent ici... C'est le seul endroit où je me sente bien... Je suis près des chevaux...

Elle entrebâilla la fenêtre, puis s'allongea sur le lit.

— Je me suis toujours demandé pourquoi vous travaillez avec Roland...

— Ce sont les hasards de la vie..., dit Louis.

Il s'était assis par terre, le dos contre le rebord du lit.

— Et qu'est-ce que vous allez faire quand il sera parti?

— Je ne sais pas, dit Louis. Et vous?

— Lui ou un autre, le principal, c'est que je trouve quelqu'un qui me permette de nourrir mes chevaux.

Elle appuya son visage gracieux et buté au creux de l'épaule de Louis.

— Il veut m'emmener en Argentine... Qu'est-ce que je vais faire en Argentine, moi?

Elle lui soufflait dans le cou.

— Vous savez que Roland est un assassin ? Oui, un assassin... Il y a eu des articles de journaux dans le temps... Qu'est-ce que je ferai avec un assassin en Argentine ? Vous n'avez pas l'air de vous rendre compte, Louis... Moi, là-bas, en tête à tête avec cet assassin...

Jusqu'à quand restèrent-ils dans cette chambre, sur ce lit étroit ? Elle portait une cicatrice à l'épaule, en forme d'étoile, que Louis ne pouvait s'empêcher de parcourir des lèvres. Le souvenir d'une chute de cheval. Le soir est tombé. On entendait des claquements de sabots, un hennissement, et la voix aiguë du marquis, lançant des ordres à intervalles de plus en plus longs comme reviendrait, clair et désolé, un motif de flûte.

Nous glissions vers l'été. Bejardy confiait de moins en moins de travail à Louis, qui passait la plupart de ses journées avec Odile. Parfois, ils retrouvaient Brossier et Jacqueline Boivin à la Cité universitaire et pique-niquaient sur la grande pelouse ou se promenaient au parc Montsouris. Le plus souvent, Mary venait à Montmartre. Elle avait repéré près de chez elle un « bail à céder » pour leur boutique de « Couture-Fashion ».

La nuit, ils marchaient à pas lents sur le terre-plein, jusqu'à la place Blanche et Pigalle. Ils allaient voir Jordan qui avait réussi à obtenir un engagement dans un cabaret de la rue des Martyrs et utilisait toujours la robe de scène confectionnée par Odile et par Mary. Ou, simplement, ils remontaient la rue Caulaincourt puis l'avenue Junot et faisaient le chemin inverse. Toute la nuit, rue Caulaincourt, l'entrée du *Roma Hôtel* brillait comme une vigie.

Ils rencontraient, avenue Junot, un homme de belle stature qui tenait un irish setter en laisse. On se saluait. L'irish setter paraissait éprouver une sympathie spontanée pour Odile et pour Louis.

Or, ce soir-là, à la terrasse du *Rêve,* cet homme

occupait une table voisine de la leur, et l'irish setter avait posé son menton sur le genou d'Odile.

— Mon chien ne vous gêne pas, mademoiselle? Sinon, n'ayez aucun scrupule à le lui dire...

Il remuait à peine les lèvres mais sa voix de basse portait à grande distance.

— Non, non, il ne me gêne pas, dit Odile qui caressait le chien.

— Vous habitez le quartier?...
— Oui, dit Louis. Un peu plus bas, dans la rue...
— Quel numéro?
— 18 *bis*.
— Quel étage?
Louis hésita à répondre.
— Cinquième.
— Pas possible!... Dans l'atelier?
— Oui.
— Vous permettez?

Il s'assit à la table d'Odile et de Louis, visiblement très ému. Ses cheveux gris et courts, son visage empâté, la force de son arcade sourcilière et sa carrure qu'accentuait la veste de velours côtelé lui donnaient l'aspect d'un ancien boxeur. Autour de lui, une odeur de vieux cuir et de cendre froide.

— C'était mon atelier dans le temps, figurez-vous...

Quelque chose trahissait le caractère massif et brutal de ce visage sans qu'on pût très bien déterminer quoi.

— Avouez qu'il y a parfois des coïncidences...
— Vous êtes peintre? demanda Odile, en continuant à caresser le chien.
— À l'époque, oui... Quand j'habitais l'atelier... Je dessinais des couvertures de programmes pour les

music-halls... Mais je ne vais pas vous raconter ma vie... Au fait, vous avez conservé le bar et le ventilateur ?

— Oui, répondit Louis.

— Les dessins chinois, c'est moi.

Il observait Odile et Louis, de ses yeux à fleur de peau, la tête relevée, un sourire un peu ironique aux lèvres.

— Je ne me suis pas présenté... Bauer... je vous invite pour fêter cette étrange coïncidence à boire un alcool de prune... C'est tout près...

La voix était si impérieuse qu'on ne pouvait vraiment pas refuser.

Avenue Junot, ils passèrent le porche de l'un de ces petits immeubles construits dans les années trente, aux baies vitrées en arceaux. Bauer les précédait avec le chien.

— Si ça ne vous gêne pas, vous faites le moins de bruit possible, dit-il à voix basse. Ma mère dort..

Ils traversèrent sur la pointe des pieds un couloir et pénétrèrent dans une pièce assez vaste, salon ou salle à manger. Bauer referma doucement la porte derrière eux.

— Nous pouvons parler... Ici, ma mère n'entendra rien...

La pièce était meublée d'un buffet, d'une table et de chaises au style rustique, couleur brou de noix. Une pendule tyrolienne à balancier, entre les deux fenêtres, un fauteuil au tissu de soie crème et quelques roses dans un vase, sur l'étagère du buffet, égayaient un peu ce décor. Louis remarqua une photo prise à contre-jour d'un homme appuyé au mât d'un voilier et dont la silhouette se découpait sur un fond de mer scintillante.

— Alain Gerbault... je l'ai bien connu quand j'avais dix-sept ans, dit Bauer.

Et cette photo introduisait dans la pièce un charme nostalgique, comme une bouffée de l'air du large ou l'appel d'une guitare hawaiienne.

— Asseyez-vous... Asseyez-vous...

La table était recouverte d'une toile cirée. Le chien monta sur une chaise à côté d'Odile et se tint là, raide, ne quittant pas Bauer des yeux, tandis que celui-ci leur versait l'alcool de prune dans des flûtes à champagne.

— On dirait que votre chien en voudrait aussi, dit Odile.

Bauer eut un éclat de rire.

— Bon... Eh bien, un verre pour le chien...

Il remplit une flûte à champagne jusqu'à ras bord et la poussa devant le chien soupçonneux. Puis il sortit d'un des tiroirs du buffet un grand album relié de cuir vert.

— Tenez... Ce sont des souvenirs du temps où j'habitais dans l'atelier... Là où vous vivez maintenant...

Louis avait ouvert l'album et Bauer restait debout, derrière lui, Odile et le chien. Sur chacune des deux premières pages, une photo protégée par une feuille de plastique. Deux hommes aux traits réguliers, l'un brun et l'autre blond. Les photos dataient d'une trentaine d'années.

— Pierre Meyer et van Duren... Deux artistes de music-hall, dit Bauer. Les deux hommes que j'ai le plus admirés de ma vie...

— Pourquoi? demanda Odile.

— Parce qu'ils étaient beaux, dit Bauer d'un ton

sans réplique. Ils se sont suicidés tous les deux... Alain Gerbault aussi, si l'on veut...

Louis tournait les pages de l'album. Des couvertures de programmes de divers music-halls signées « Bauer » d'une grande écriture hachurée.

— Vous avez peut-être connu ma mère? demanda Louis. Elle travaillait au *Tabarin*...

— Ta maman? Non, mon grand... Je n'ai connu personne au *Tabarin*... J'ai surtout travaillé pour la Miss...

Aux pages suivantes, étaient collées des photos de jeunes gens avec leurs noms et des dates de plus en plus proches. Les générations se succédaient. Et parmi tous ces jeunes gens aussi éclatants les uns que les autres, un homme d'âge mûr, à la bonne grosse bouille, aux lèvres sinueuses et aux yeux plissés :

— Lui, c'est Tonton, du *Liberty's*...

La lumière crue de la suspension faisait luire les feuilles de plastique qui protégeaient tous ces souvenirs. Le chien semblait s'intéresser à l'album qu'il reniflait de temps en temps et son haleine embuait les photos quand Louis ne tournait pas la page assez vite. Odile appuyait la tête contre l'épaule de Louis pour mieux voir.

— C'est intéressant, vos photos, dit-elle. Vous les regardez souvent?

— Non. Elles me foutent le cafard...

— Pourquoi?

— C'est triste de penser que tous ces beaux gosses ont vieilli ou bien ont disparu... Et moi, je reste là, comme un vieux ponton pourri qui les a vus passer. Il ne me reste que leurs photos... je voulais faire un autre

171

album, avec les photos de tous les chiens que j'ai eus dans ma vie, mais je ne m'en suis pas senti le courage.

Sa voix s'enrouait, il s'était laissé tomber sur une chaise, et prenait la main d'Odile.

— Vous êtes encore trop jeune pour comprendre, mon petit... Mais quand je feuillette cet album et que je les regarde les uns après les autres, j'ai l'impression que ce sont des vagues qui sont venues se briser au fur et à mesure...

Louis eut un coup au cœur. Il n'en croyait pas ses yeux. Sous la feuille de plastique brillante, une photo : Brossier et Bejardy, l'un à côté de l'autre, Brossier le visage rond et encore mal dégagé de l'enfance, Bejardy, à peine vingt-cinq ans, le regard et le sourire charmeurs et les cheveux noirs ondulés.

— Vous les connaissez ? demanda Louis en effaçant la buée que le souffle du chien avait répandue sur le plastique.

Bauer tira l'album à lui.

— Oui... Oui... Le petit, là, qui ressemble à Roland Toutain, je l'avais envoyé suivre des cours d'art dramatique...

De l'index, il désignait Brossier.

— Mais ça n'a rien donné... Je l'ai même fait travailler avec moi dans les antiquités... Après, je crois qu'il a été steward d'une compagnie d'aviation... Air-Brazzaville... L'autre, c'est différent... Il avait essayé de me vendre des tableaux... Il a mal tourné... Il est passé en cour d'assises pour l'assassinat d'un Américain... On l'a acquitté... J'ai gardé les coupures de journaux, si ça vous intéresse... Il a fini par diriger un restaurant sur une péniche, à Neuilly... Il voulait même que je fasse la décoration... quelque chose dans le genre « corsaire »... Mais vous voulez la coupure de presse sur lui ?

— Avec plaisir, dit Louis d'un ton faussement dégagé.

Passant une main sous la photo, Bauer en tira une enveloppe qu'il tendit à Louis. Celui-ci la glissa aussitôt dans sa poche, comme s'il se fût agi d'un sachet de cocaïne.

— Ravi que ces choses du passé vous intéressent encore, dit Bauer.

— Vous les avez connus où ? demanda Odile, stupéfaite.

— Eux ? je ne sais plus... Chez Tonton, peut-être... Je perds la mémoire... Allons, ça suffit, mes enfants...

Il ferma l'album d'un geste sec et le rangea dans le tiroir du buffet.

— Si vous êtes sages, je vous donnerai cet album, un jour.

Louis s'était levé, sous le coup de l'émotion. Il demeurait immobile, hébété par sa découverte.

— Vous permettez..., dit Bauer en lui faisant signe de se rasseoir.

Il avait à la main un appareil photographique sur lequel il enfonçait un flash minuscule.

— Je viens de l'acheter... On peut obtenir des photos en couleurs... instantanément... Rapprochez-vous, tous les deux... Guy, toi aussi...

Louis tourna la tête. Bauer souriait.

— Guy, c'est mon chien...

Guy appuyait son museau sur le poignet d'Odile. Bauer regarda dans l'objectif.

— C'est très bien... Je vous aurai tous les trois...

Le flash fit cligner les yeux de Louis. Il pensait à

Bejardy et à Brossier. Mais aussi, il se répétait la petite phrase de Bauer : « ... Des vagues qui sont venues se briser au fur et à mesure. » Sans doute Bauer collerait-il leur photo sur son album avec la date, et Odile, lui et le chien n'auraient été, après tant d'autres, qu'une vague.

*

L'enveloppe contenait une coupure de presse jaunie :

« Hier soir, les inspecteurs de la police judiciaire ont arrêté dans une pension de famille de Neuilly, rue Charles-Lafitte, Roland Chantain de Bejardy, vingt cinq ans, meurtrier présumé de l'Américain Parker.

« Il est désormais avéré que Parker, venu en France au début de l'année 1946, avait eu des démêlés sérieux avec la justice de son pays. En France, une enquête avait été ouverte au sujet d'un trafic de surplus américains que Parker aurait organisé avec la complicité d'un employé du P.X. de Saint-Cloud et portant à la fois sur des tracteurs, des bâches et du matériel de radio. Chantain de Bejardy était l'un de ceux qui furent chargés par Howard Parker d'écouler la marchandise.

« Il semble que le jeune homme servait de secrétaire particulier à Parker, son aîné d'une vingtaine d'années. Selon certains témoignages, on les voyait souvent tous les deux à *L'Étape*, rue Pierre-Charron, un bar où Parker donnait ses rendez-vous. Ils se trouvaient ensemble à *L'Étape* quelques heures avant le crime.

« Roland Chantain de Bejardy, issu d'une excellente famille se prétend courtier en objets d'art. A la

Libération, il s'était engagé dans l'armée de De Lattre et sa conduite héroïque lui valut d'être décoré de la Médaille militaire à vingt-trois ans. Son père était connu dans les milieux hippiques et avait été longtemps président du Tattersall français et du polo de Biarritz. À sa mort, la famille connut des difficultés et Chantain de Bejardy vivait avec sa mère dans la pension de Neuilly où il fut arrêté.

« Deux de ses proches, Hélène Mitford et Jean-Claude Brossier, dix-neuf ans, qui habitaient également la pension de la rue Charles-Lafitte, ont été interrogés à la P.J. Plusieurs témoignages semblent accablants pour Chantain de Bejardy et ont permis de l'identifier en quarante-huit heures. D'abord, celui de M. Jean Tolle, de Meriel, garagiste, qui a vu l'assassin et en a donné une description précise : vingt-cinq ans environ, de haute taille, très élégant. L'homme lui avait acheté deux bidons d'essence. Une habitante de Garches, Mme Seck, a fait aussi une description de l'assassin, la même que celle de M. Tolle. Elle traversait un bois en direction de Rueil avec ses chiens lorsqu'elle entendit deux coups de feu, tirés à un faible intervalle. Une voiture démarra et passa à quelques mètres d'elle, si bien qu'elle eut le temps de voir le conducteur . il avait vingt-cinq ans environ, comme l acheteur d'essence de Meriel, et comme lui les cheveux noirs, le visage imberbe, les traits fins. Près de lui, appuyé sur son épaule, un homme était écroulé. Mme Seck, intriguée, nota le numéro de la voiture : c'était la Delahaye 12 CV grenat 9092 RM 1 qu'utilisait Chantain de Bejardy et que l'on voyait souvent garée devant la pension de Neuilly.

« À première vue, on s'explique mal les raisons qui

auraient poussé Chantain de Bejardy au meurtre de Parker. Peut-être s'agit-il d'un différend entre les deux hommes concernant les trafics auxquels ils se livraient. »

Collé au bas de l'article, le gros titre d'un journal :

CHANTAIN DE BEJARDY
ACQUITTÉ AU BÉNÉFICE DU DOUTE

Son colonel et un de ses anciens camarades de la 1re armée française sont venus témoigner en sa faveur.

Le mot *doute* était souligné de deux traits à l'encre rouge et ponctué de trois points d'exclamation à l'encre rouge également, qu'une main nerveuse avait tracés en trouant le papier, à coup sûr la main de Bauer.

Il finit par se décider pour le *Paris-Nord*, une grande brasserie de la rue de Dunkerque à la façade brune. Louis et Odile entrèrent derrière lui.

Bejardy paraissait connaître les lieux et les guida vers les tables du fond, là où une paroi de carreaux opaques laissait filtrer un jour vert pâle. La salle était déserte. De leurs places, ils voyaient une partie de la gare du Nord.

Bejardy consulta sa montre.

— Encore vingt minutes...

Il n'avait pour tout bagage qu'un sac de cuir et une mallette qu'il posa sur une chaise à côté de lui.

— Donc, nous nous retrouvons après-demain à dix heures pile du matin à Genève dans le hall de l'hôtel Richmond... Voilà les deux billets aller-retour pour Annecy... J'ai vérifié... Vous avez un car Annecy-Genève à cinq heures... Comme le train arrive vers trois heures à Annecy, cela vous fait deux heures de battement...

Il se tourna vers Odile :

— Ça vous ennuie, ce voyage ?
— Pas du tout.

— C'est le dernier que vous faites pour moi. Tenez... Voilà...

Il déposa la mallette sur les genoux de Louis.

— Elle contient à peu près la même somme que celle que vous avez remise à Axter... Cette fois-ci, mon vieux, je tiens à ce que vous preniez une commission... Nous en reparlerons à Genève... Si, si... j'y tiens... Dans le car, il faudrait cacher l'argent d'une manière discrète... Ça fait trop luxe, ça, dit-il en désignant la mallette.

— Soyez tranquille, dit Louis.

— Je fais un saut à Bruxelles... Il faut que je règle certaines choses là-bas... Comme ça, j'aurai définitivement coupé les ponts... Ensuite, l'Argentine...

Il se frottait les mains dans un mouvement de cymbales.

— Pourquoi l'Argentine ? demanda Louis.

— J'ai de la famille là-bas, du côté de ma mère. Et Nicole pourra s'occuper de chevaux... Je pense à quelque chose... Si vous voulez me parler d'ici demain, vous téléphonez au *Métropole* de Bruxelles... Vous demandez M. Chantain.

Il écrivait « Chantain » sur l'enveloppe des billets de train.

— C'est une partie de mon nom... Je m'appelle Chantain de Bejardy, figurez-vous...

Odile et Louis échangèrent un regard, et Louis s'apprêtait à montrer la vieille coupure de presse à Bejardy. Il l'avait à portée de la main, dans la poche intérieure de sa veste, mais il se ravisa.

Le visage de Bejardy prenait une teinte blafarde sous la lumière de la paroi vitrée et l'on eût dit qu'il vieillissait à vue d'œil.

— C'est drôle, dit-il... j'ai habité dans ce quartier de la gare du Nord, à ma sortie de prison...

— Vous avez été en prison?

— Je plaisantais, mon vieux... Mais j'ai longtemps habité ce quartier... Boulevard Magenta... Un quartier qui a l'air ingrat, comme ça, mais qui gagne à être connu...

Il contemplait la salle déserte autour de lui.

— A l'époque, je venais souvent dîner ici avec une fille... Une blonde... Elle aussi habitait le quartier... Elle s'appelait Geneviève...

Une expression de désarroi et de fatigue figea le regard de Bejardy. Peut-être parce qu'il ne restait plus rien de cette Geneviève dans la salle silencieuse.

— Et vous? Qu'est-ce que vous comptez faire dans l'avenir? demanda-t-il.

— Je ne sais pas, dit Louis. Prendre des vacances.

— Vous avez quel âge exactement, tous les deux?

— Je vais avoir vingt ans dans trois jours, dit Odile.

— Et vous, Louis?

— Moi, ce sera dans un mois et demi.

Bejardy leva sa tasse, l'air pensif.

— Eh bien, à vos vingt ans!

Il avala d'un trait le café.

— Allez... Il faut que je vous quitte... Non... non... restez là... Je déteste les adieux sur les quais de gare... Après-demain, au Richmond, à dix heures tapantes... Au revoir, madame Memling...

Louis l'accompagna quand même jusqu'à la sortie de la brasserie, la mallette à la main.

— Et ne vous faites pas repérer dans le car de Geneviève... Ça sera facile... Vous avez l'air si gentil, mon cher Louis... Je me demande si, à votre âge, j'avais cet air-là... Qu'en pensez-vous?

— Je ne sais pas, dit Louis.

Il traversait la chaussée vers la gare du Nord et agitait le bras, sans se retourner. Ce mouvement lent et vague du bras surprit Louis et demeura dans son souvenir comme un geste de bénédiction.

*

Il faisait encore jour et ils se promenèrent au hasard dans ce quartier où avaient habité Roland Chantain de Bejardy et une blonde qui s'appelait Geneviève. Louis portait la mallette sous son bras. Ils marchèrent jusqu'à la gare de l'Est puis revinrent aux alentours de la gare du Nord. Quartier d'où les trains partent, façades lourdes, quartiers de commerce, de cabinets juridiques poussiéreux, de diamantaires et de brasseries d'où s'échappent des bouffées d'Alsace et de Belgique.

Ils ne savent pas que c'est leur dernière promenade dans Paris. Ils n'ont pas encore d'existence individuelle et se confondent avec les façades et les trottoirs. Sur le macadam, rapiécé comme un vieux tissu, sont inscrites des dates pour indiquer les coulées de goudron successives, mais peut-être aussi des naissances, des rendez-vous, des morts. Plus tard, quand ils se souviendront de cette période de leur vie, ils reverront des carrefours et des entrées d'immeubles. Ils en ont capté tous les reflets. Ils n'étaient que des bulles irisées aux couleurs de cette ville : gris et noir.

La place Saint-Vincent-de-Paul, avec le square et l'église, est aussi déserte et silencieuse que ces lieux familiers que l'on traverse en rêve. Ils ont rejoint par la rue d'Hauteville les grands boulevards et se perdent dans la foule à la hauteur du café Brébant.

*

Odile s'était endormie. Il se glissa hors du lit et marcha sur la pointe des pieds jusqu'à la fenêtre. À Annecy, il pleuvait. Dans le jardin public, en bas, des enfants se poursuivaient sous la surveillance de quelqu'un qui se tenait immobile et dont on ne distinguait que la surface bombée du parapluie noir.

Louis avait choisi cet hôtel parce qu'il était à proximité de la gare. La façade ocre l'intriguait, du temps du collège, quand il passait ses jours de congé à Annecy. Et il conservait dans sa mémoire l'image d'un homme aux cheveux blonds qui déambulait le samedi sur la promenade du Paquier. On l'appelait « la Carlton », du nom de cet hôtel où, jadis, il avait été groom, et, selon la légende, il portait contre son cœur, en permanence, un browning enveloppé d'un étui de daim gris.

Annecy n'avait pas changé en trois ans. Il pleuvait, comme les dimanches où l'on rentrait à sept heures du soir au collège. Il n'y avait rien d'autre à faire, ces dimanches-là, que de s'abriter sous les arcades de la Taverne ou sous l'auvent du Casino. Ou de raser les vitrines de la rue Royale. Plus tard, à Saint-Lô, il pleuvait encore et l'on enjambait les flaques et, si l'on y réfléchissait un peu, entre le collège et la caserne, c'étaient neuf années de pluie et de chiottes à la turque qu'on pouvait compter sur les doigts de la main.

De la fenêtre de l'hôtel, Louis apercevait la gare. À

gauche, un bâtiment clair, d'où partait le car pour Genève. Un jour, il l'avait pris avec l'ami de son père qui lui servait de tuteur. On passait par Cruseilles et Saint-Julien. Deux douanes à franchir.

De l'autre côté, il attendait, le dimanche soir, le car qui s'arrêterait à cent mètres du collège. Toujours beaucoup de monde dans ce car et l'on restait debout pendant le trajet. Au tournant de Veyrier du Lac, le château de Menthon-Saint-Bernard apparaissait sur son pic tel un vaisseau fantôme à la crête d'une vague. Plus loin, au bord de la route, le petit cimetière d'Alex...

La mallette était posée sur la table de nuit. Il l'empoigna et vint s'asseoir à la fenêtre. Il entendait la respiration régulière d'Odile. Quatre heures. Le car de Genève partait à cinq heures vingt-deux minutes.

Il ouvrit la mallette. Des liasses de billets de cinq cents francs. Neufs. Il contempla la gare, en face.

Un dimanche, il avait laissé partir le car et il était rentré chez son « tuteur » en lui expliquant qu'il l'avait raté. Le « tuteur » l'avait ramené lui-même dans sa Citroën au collège.

Mais aujourd'hui, ces années de grisaille et de pluie touchaient à leur fin et lui paraîtraient si lointaines désormais qu'il en garderait un souvenir attendri. Il se mit à compter les liasses de billets. Eh bien oui, c'était décidé.

Il réveilla Odile. Le soir même, ils prenaient un train pour Nice. Correspondance à Lyon. Dix minutes d'attente.

*

Ils passèrent une quinzaine de jours à Nice. Ils avaient loué une grande voiture américaine décapotable à bord de laquelle, les mois suivants, ils parcouraient la côte d'Azur.

Un matin qu'ils suivaient la Corniche, entre Nice et Villefranche, Louis éprouva une curieuse sensation de légèreté et d'hébétude, et il aurait voulu savoir si Odile la partageait.

Quelque chose, dont il se demanda plus tard si ce n'était pas tout simplement sa jeunesse, quelque chose qui lui avait pesé jusque-là se détachait de lui, comme un morceau de rocher tombe lentement vers la mer et disparaît dans une gerbe d'écume.

DU MÊME AUTEUR

Aux Éditions Gallimard

LA PLACE DE L'ÉTOILE, *roman*. Nouvelle édition revue et corrigée en 1995 (« Folio », n° 698).

LA RONDE DE NUIT, *roman* (« Folio », n° 835).

LES BOULEVARDS DE CEINTURE, *roman* (« Folio », n° 1033).

VILLA TRISTE, *roman* (« Folio », n° 953).

EMMANUEL BERL, INTERROGATOIRE *suivi de* IL FAIT BEAU ALLONS AU CIMETIÈRE. *Interview, préface et postface de Patrick Modiano* (« Témoins »).

LIVRET DE FAMILLE (« Folio », n° 1293).

RUE DES BOUTIQUES OBSCURES, *roman* (« Folio » n° 1358).

UNE JEUNESSE, *roman* (« Folio Plus », n° 5. Contient notes et dossier réalisés par Anne-Marie Macé).

DE SI BRAVES GARÇONS (« Folio », n° 1811).

QUARTIER PERDU, *roman* (« Folio », n° 1942).

DIMANCHES D'AOÛT, *roman* (« Folio », n° 2042).

UNE AVENTURE DE CHOURA, *illustrations de Dominique Zehrfuss*. (« Albums Jeunesse »).

UNE FIANCÉE POUR CHOURA, *illustrations de Dominique Zehrfuss*. (« Albums Jeunesse »).

VESTIAIRE DE L'ENFANCE, *roman* (« Folio », n° 2253).

VOYAGE DE NOCES, *roman* (« Folio », n° 2330).

UN CIRQUE PASSE, *roman* (« Folio », n° 2628).

DU PLUS LOIN DE L'OUBLI, *roman* (« Folio », n° 3005).

DORA BRUDER (« Folio », n° 3181 ; « La Bibliothèque Gallimard », n° 144).

DES INCONNUES (« Folio », n° 3408).

LA PETITE BIJOU, *roman* (« Folio », n° 3766).

ACCIDENT NOCTURNE, *roman* (« Folio », n° 4184).

UN PEDIGREE (« Folio », n° 4377).

Dans la collection « Écoutez lire »

LA PETITE BIJOU (3 CD).
DORA BRUDER (2 CD).

En collaboration avec Louis Malle

LACOMBE LUCIEN, *scénario.*

En collaboration avec Sempé

CATHERINE CERTITUDE. *Illustrations de Sempé* (« Folio », n° 4298; « Folio Junior », n° 600).

Aux Éditions P.O.L.

MEMORY LANE, en collaboration avec Pierre Le-Tan.
POUPÉE BLONDE, en collaboration avec Pierre Le-Tan.

Aux Éditions du Seuil

REMISE DE PEINE.
FLEURS DE RUINE.
CHIEN DE PRINTEMPS.

Aux Éditions Hoëbeke

PARIS TENDRESSE, *photographies de Brassaï.*

Aux Éditions du Mercure de France

ÉPHÉMÉRIDE (« Le Petit Mercure »).

Aux Éditions de l'Acacia

DIEU PREND-IL SOIN DES BŒUFS ? en collaboration avec Gérard Garouste.

Aux Éditions de l'Olivier

28 PARADIS, en collaboration avec Dominique Zehrfuss.

*Impression Société Nouvelle Firmin-Didot
à Mesnil-sur-l'Estrée, le 11 octobre 2007.
Dépôt légal : octobre 2007.
1er dépôt légal dans la collection : février 1985.
Numéro d'imprimeur : 87328.*

ISBN 978-2-07-037629-2/Imprimé en France.

156611